双葉文庫

口入屋用心棒

隠し湯の効

鈴木英治

目次

隠し湯の効《こう》
口入屋用心棒

第一章

一

体は疲れ果てているが、気持ちには強弓《ごうきゅう》の弦《つる》のような張りがある。

――人のために働くのは、まことに心地よいことだな。

口入屋米田屋《よねだや》のあるじ琢《たく》ノ介《すけ》は、今そのことを実感している。

今日一日、あの男ならどんな家に住みたいと思うだろうかと、自分が湯瀬《ゆせ》直之《なおの》進《しん》になったつもりで、好物件を探して小日向《こひなた》東《ひがし》古川町《ふるかわちょう》近辺を歩き回った。そしてついに素晴らしい家を見つけたのである。

小日向東古川町は以前、駿州《すんしゅう》沼里《ぬまざと》から出てきた直之進が、江戸で暮らしはじめた町だ。

――こうして、わしのめがねにかなった家を周旋《しゅうせん》できそうなのも、おのがためではなく、直之進のためを思って働いたゆえであろうな。

きっとそうだ、と琢ノ介は確信している。

もっとも、と琢ノ介はすぐに思った。

――こたびの仕儀は、直之進のいない寂しさにわしが耐えきれなかったからだ。だから結局は、自分のためということになるのであろうな。

琢ノ介が巡り合った好物件の場所は、小日向東古川町にほど近い関口水道町《せきぐちすいどうちょう》である。

ふむう、と琢ノ介は太い息を吐き出した。

――まことによい家だな。これならば、直之進も必ずや気に入ろう。

琢ノ介は自信満々である。

百坪ほどの敷地は、まわりを生垣《いけがき》で囲まれている。

三段ほどの石段を上がって枝折戸《しおりど》を開けると、目の前には手入れの行き届いた庭が広がっている。

今も頭上を小鳥たちが気持ちよさそうに飛び交い、さえずっている。

庭に面した南向きの部屋には濡縁《ぬれえん》がついていて、ひなたぼっこをするには最高だろう。

家は平屋で、建坪《たてつぼ》は四十坪ほどか。

中には、かまどが二つ設《もう》けられた台所のほかに、居間や寝所、客間、書院、納《なん》戸《ど》、布団《ふとん》部屋がある。

直之進たちが親子三人で暮らすには、ちょうどよい広さではないか。

家は建ってから、十年ほどしか経っていない。

琢ノ介はじっくりと中を見てみたが、選び抜かれた材木が使われているためか、どこにもがたがきている様子はなかった。それどころか、今も古さをほとんど感じさせないのだ。

庭もなかなか広く、隣家の母屋とはけっこう離れている。それだけに、火事による類焼については、ほとんど考えずともよいのではないか。

墨を塗った板壁に、瀟洒《しょうしゃ》な感じが漂っている。だいぶ傾いてきた日の光を浴びて、瓦屋根がつややかに輝いていた。

——ふむう、こいつは、まさしく出物《でもの》といってよかろう。

鼻息も荒く琢ノ介は思った。生垣を背にして庭に立ち、ほれぼれと家を仰ぎ見る。

これだけの出物を見つけられるなど、運がいいとしかいいようがない。

今日一日、足を棒にして歩き回った甲斐があったというものだ。

これほどの家が売りに出された訳はというと、それまで住んでいた隠居夫婦の亭主が病で亡くなり、女房が娘の家に引き取られることになったからだ。空き家になってしまうのである。

琢ノ介は、濡縁に仲よく座している若い夫婦の前に進んだ。女房は、生まれて間もない赤子を抱いている。乳をもらったばかりなのか、赤子はぐっすり眠っていた。

——ああ、なんてかわいいんだろう。うらやましいなあ。

濡縁に座っている夫婦が、物問いたげに琢ノ介を見上げてくる。それに気づいて、琢ノ介はしゃんとした。

「ああ、お待たせしました」

きりっとした声を心がけていう。

「では、本題に入ることにいたしましょう」

軽く咳払いをし、琢ノ介は濡縁に眼差しを投げた。

「そちらに座ってもよろしいですか」

「ええ、もちろんですよ」

亭主がにこりとして、少し横に動いた。失礼します、と断って琢ノ介は濡縁にそっと腰かけた。

「それで若生屋《わこうや》さん――」

琢ノ介は、隣に座る亭主にたずねた。

「おいくらなら、こちらの家を売っていただけますか」

「ちょっと待ってくださいね」

優しい口調でいって、若生屋の主人の優助《ゆうすけ》が女房のお知代《ちよ》に顔を向け、なにごとかささやきかける。

若生屋は、米田屋の先代光右衛門《みつえもん》のときに取引をはじめた油問屋で、琢ノ介自身、これまでに二人の下働きの奉公人を入れたことがあるのだ。

二人の奉公人はとても仕事熱心で、優助たちは気に入ってくれている。

その縁で、琢ノ介は優助たちと親しくさせてもらっているのである。

ふと、お知代の腕の中にいる赤子が目を覚《さ》ました。父親の声が聞こえたせいかもしれない。

お知代がはらんでいたことは琢ノ介も知っていたが、すでに子が生まれていたとは、迂闊《うかつ》にも今日まで知らなかった。

若生屋に子が生まれることはずっと気にかけていたのに、日々の忙しさに紛《まぎ》れ、失念してしまっていた。

先代の光右衛門ならば、こんなことは決してなかっただろう。このあたりが、琢ノ介がいまだに先代に遠く及ばないところだ。

――とにかく、今度なにかお祝いを持っていかなければな。

目を開けた赤子が首を曲げて、黒々とした瞳で優助をじっと見上げている。

――ああ、本当にかわいいなあ。つぶらな瞳とは、まさにこの子のような目をいうのだろうな。

つやつやとした赤子の顔を見ているだけで、琢ノ介は幸せな気持ちになる。

――しかし、なんて健《すこ》やかそうな顔をしているのだろう。

無垢《むく》という言葉こそがふさわしい。自分にもこんな時代があったことが信じられない。

――わしは、もうこんなにくたびれてしまったというのに……。いや、結局はこの子も長じたら、やはりいつかは疲れ果ててしまうときがくるのだろうなあ。

琢ノ介は人生のはかなさを覚えた。

優助とお知代が小声で話し合っている。すでにどのくらいで家を売るべきか、この夫婦の間では事前に話し合いは済んでいるはずで、これは単なる確認だろう。

「あのう、赤ちゃんのお名は」

身内のことをきいて相手の気持ちをほぐすのはよく使う手だが、ここは商売抜きで琢ノ介はたずねた。家の値段よりも、今は赤子の名を知りたくてならない。

「ああ、米田屋さんにはまだいっていませんでしたか。この子は優しいに一と書いて優一郎《ゆういちろう》といいます」

うれしそうに優助が答えた。

——ああ、とてもよい名だな。

「優《ゆう》は勇ましいの勇《ゆう》にも通じます。優しさと勇ましさを併せ持った、素晴らしいお名ですね」

世辞などではなく琢ノ介は本心からいった。

「優一郎ちゃんは、若生屋さんの跡取りということですね」

「ええ、さようです」

にこりとした優助の顔が、不意に悲しみのような色を帯びた。

「できれば、おとっつぁんにもこの子の顔を見せてやりたかったのですが……」

——そうだったな。ご隠居の優八《ゆうはち》さんは、優一郎ちゃんが生まれる直前に亡くなってしまったのだ。

葬儀には琢ノ介も出た。大勢の人が参列した盛大な葬儀だった。

「あと五日、逝《い》くのを待ってくれたら間に合ったのですが……。おとっつぁんはこの子が生まれてくるのを、とても楽しみにしていたのですよ」

優一郎の頭を軽くなでて、優助がうつむく。すぐに顔を上げた。

「それがきっとこの世の常というものなのでしょうね。死んでいく人がいて、こうして生まれてくる者もいて……」

孫の顔を見られず、隠居の優八はさぞ心残りだったのではあるまいか。だが、きっと今も近くにいて、優一郎のことを見守っているに違いない。

——それにしても、もしこんな子がわしの実の子だったら、どんなにかわいいだろう……。

いや、今はそんなことを考えている場合ではなかった。

琢ノ介は両肩に力を込めた。

「それで若生屋さん、こちらのお家の値段ですが……」

琢ノ介が水を向けると、優助が背筋を伸ばした。

「米田屋さん、ちょっと前置きをさせていただきますが、よろしいですか」

「もちろんです」

大きくうなずいた琢ノ介は、優助を控えめに見つめた。

「十年前にこの家を新築したとき、おとっつぁんによると、土地代を含めて二百両ばかりの費《つい》えがかかったそうなのです」

「さようでしょう」

すぐさま琢ノ介は同意してみせた。

「なにしろ細かいところまで数寄《すき》を凝《こ》らした家ですから、そのくらいは優《ゆう》にかかっていると思いますよ」

この界隈《かいわい》ではよく名の知られた油問屋の若生屋は小売りもしており、油は若生屋さんでないと、という者が少なくない。滅多にない繁盛店といってよく、二百両もの金を隠居所にかけたところで、店はびくともしないだろう。

その上、狭い土地に町屋がひしめき合っている江戸では珍しく、敷地も広い。武家屋敷なら百坪など狭い部類かもしれないが、町屋としては破格だ。

ふう、と気を取り直したように優助が息を入れた。それから琢ノ介を見やる。

「米田屋さん、七十両ではいかがでしょうか」

生真面目さを感じさせる顔で、優助が提案してきた。その隣で、お知代が深くうなずいている。

この家ならば、と琢ノ介は目を閉じて思った。七十両という値は、ふさわしいのではないか。

——問題は直之進がその額を出せるかだが、あの男は前に将軍の命を救ったことで、二百両を下賜《かし》されておる。直之進はけっこうな締まり屋だから、二百両はほとんど手つかずで残っているにちがいない。

確信した琢ノ介は目を開けた。こちらを真剣な顔で見ている夫婦の姿が目に入る。

琢ノ介は二人にうなずいてみせた。

「七十両というのは、妥当な値だと存じます。——あの、一応おうかがいいたしますが、もし買い手側が値引きを申し出てきたとき、応じていただけますか」

琢ノ介は、にこにこと笑《え》んで優助夫婦に確かめた。

「多少の値引きならば、もちろん考えさせていただきますよ」

ゆったりとした口調で優助が答えた。

——多少というのは、人によってだいぶ異なるからな。そのときの懐具合にもよるだろうし……。売り急いでいるのならかなりの値引きに応じるだろうし、そうでないなら値引きの幅は本当に少なかろうな。

　下を向き、琢ノ介は考えを進めた。

　――若生屋さんは金持ちだから、けっこう値引いてくれるとは思うが……。うむ、ここは商売だ、直之進のためにもはっきりさせておくほうがよかろう。遠慮が一番よくない。

　琢ノ介は顔を上げた。

「あの若生屋さん、多少というのはいかほどを考えていらっしゃいますか」

　笑みをつくり、さらに揉み手をして琢ノ介はたずねた。

「そうですね」

　穏やかな笑顔になって優助がいう。

「十両くらいまでなら……」

「承知しました、十両ですね」

　――よし、六十両が下限ということか。決して安い買物ではないが、今日中に直之進に紹介したほうがよかろう。

　すぐに琢ノ介は顔をしかめた。

――いや、今日は無理だったな。

もうじき夕刻だというのに、これからまだ人に会わなければならないのである。

となると、と琢ノ介は思った。

――この家を直之進に紹介できるのは明日になるか。

明日もいろいろと忙しいのだが、夕刻までにはなんとか日暮里《にっぽり》にある秀士館《しゅうしかん》へ行けるのではあるまいか。

――いや、どうだろうか。

明日は、懇意《こんい》にしている武家を三軒も訪ねなければならない。

となると明日も無理かもしれんな、と琢ノ介は心中でつぶやいた。

とにかく早く手を打たないと、これだけの出物なのだ、あっという間に売れてしまうだろう。

「あの、一つお願いがあるのですが」

琢ノ介は、優助とお知代に向かって真摯《しんし》な口調でいった。

「勝手を承知で申し上げますが、できれば、ほかの口入屋にはこの家の話をしないようにしていただきたいのです」

「ええ、わかりました。いいですよ」

　琢ノ介を見て優助が快諾する。

「ありがとうございます」

　間髪《かんはつ》を容《い》れずに琢ノ介は礼をいった。

「でも米田屋さん、できるだけ早く買い手を見つけてくださいね」

　――若生屋さんは、けっこう焦っているのかな。だとすると、交渉次第ではもっと値引いてくれるかもしれんな。

　いや、と琢ノ介は心中で首を横に振った。

　――甘いことは考えんほうがよい。六十両でも掘り出し物なのだからな……。

「わかりました、すぐに買い手を見つけてきます」

　琢ノ介は、どん、と胸を叩いて請け合った。

「米田屋さん、申し訳ないですが、五日以内に買い手が見つからない場合は、よそにも話すことにいたします」

「わかりました。五日ですね」

　そのくらいあれば、もし万が一、直之進が断ったとしても、ほかの買い手を見つけられる自信が琢ノ介にはあった。

「では、今からさっそく買い手を見つけてきますよ。これで失礼いたします」

琢ノ介は優助、お知代夫婦に挨拶してから、その場を離れようとした。

お知代が抱いている優一郎の顔が、またもや目に入った。

——ああ、かわいいなあ。

足を止めて琢ノ介は、我知らず優一郎の顔をのぞき込んでいた。

目の前に近づいた琢ノ介が怖かったのか、いきなり優一郎が泣きはじめた。

「あっ、これは申し訳ないことを……」

すぐさま琢ノ介は小腰をかがめた。

「いえ、米田屋さんのせいじゃありませんよ。赤子は泣くのが商売ですからね」

にこやかにいって、お知代が赤子をあやしはじめる。

「おい、優一郎、どうしたんだい」

優助が、柔らかそうな頬を優しく指先でつつく。

「きっとおなかが空《す》いたんでしょう」

お知代が体の向きを変え、優一郎に乳をあげはじめた。優一郎がこくこくと飲み出す。

その母子《ははこ》の姿は、いかにも幸せそうだ。

――ああ、なんて美しい。

残念ながら、琢ノ介の女房のおあきに、赤子ができそうな気配はまったくない。

おあきは、と琢ノ介は思った。

――なにしろ一度、流産しておるからな。

琢ノ介の中で、そのときの光景がよみがえってきた。

夕刻、琢ノ介が外回りから店に戻ってきたときである。祥吉《しょうきち》が琢ノ介のところに飛んできて、おっかさんが台所で苦しがっているといったのだ。

琢ノ介があわてて台所に行ってみると、おれんが、土間に苦しげにしゃがみ込んでいるおあきを介抱していた。琢ノ介に気づいたおれんが、医者を呼んでくださいといった。

琢ノ介は近所の医者を呼びに走ったが、そのときにはすでに、おなかの子は流れてしまっていたのだ。

――わしは子がほしいと願っているのに、おあきがなかなか身籠《みご》もらんのは、やはりあの二年ほど前のことが影響しているかもしれんな。

だがそれでも、おあきが二度と赤子ができない体になっているとは、琢ノ介は思いたくない。

おあきの連れ子である祥吉のことは、かわいくてならないが、琢ノ介は自分の血を分けた子がほしくてたまらないのだ。

ならば、と琢ノ介は考えた。

——なにもせずに手をこまねいているより、一度、子宝祈願にでも行ってみるか。

「あの、若生屋さん、ちょっとおたずねしますが」

琢ノ介は優助に声をかけた。

「子宝を授けてくれる霊験《れいげん》あらたかな神社仏閣を、どこかご存じありませんか」

「ああ、それなら——」

よくきいてくれましたとばかりに、優助がうれしげな声を発した。

「いいところがありますよ。手前どもも、そこに二人でお参りに行って、この子を授かったのですから」

「えっ、どちらですか」

琢ノ介は勢い込んできいた。乳を飲んでいた優一郎がびくりとした。

「大山《おおやま》ですよ」

琢ノ介を見つめて優助がいった。

「相模国《さがみのくに》は伊勢原《いせはら》の大山ですか」

「ええ、さようです」

優助が大きくうなずいた。

「米田屋さんもご存じかもしれませんが、大山には阿夫利《あふり》神社という古社《こしゃ》があります」

「はい、阿夫利神社は存じておりますが、あそこは子宝の神さまなのですか」

いえ、と優助がかぶりを振った。

「病気平癒《へいゆ》、厄除《やくよ》け、商売繁盛、開運招福などさまざまらしいのですが、近所の人に、子宝にも御利益《ごりやく》があると聞きましてね。手前どもは二人して、試しに大山に行ってみたのです。山頂にある本社《ほんしゃ》は女人禁制ということで、下社しか行けませんでしたが……」

「では、大山に詣《もう》でたからこそ――」

信じられないという顔で琢ノ介はいった。

「ええ、この優一郎が生まれたのですよ」

優助とお知代がそろってにこりとした。

二

敷居を越えたところで、樺山富士太郎《かばやまふじたろう》はくるりと体を返した。

「では、これで失礼いたします」

詰所《つめしょ》の中に向かって辞儀する。

「ああ、富士太郎、お疲れさま。気をつけて帰ってくれ」

文机《ふづくえ》から顔を上げていったのは、富士太郎と同僚になったばかりの芝崎龍吾《しばざきたつご》である。

芝崎龍吾は、富士太郎よりも三つ年上で、幼い頃からの知り合いである。八《はっ》丁堀《ちょうぼり》の組屋敷内で、互いの屋敷同士が近所なのだ。

「はい、そうします」

富士太郎は元気よく答えた。

「芝崎さんも早くお帰りになってくださいね」

「うむ、わかっている」

龍吾が深いうなずきを見せる。

「だが、俺は一番の新参者だからな。最後に帰るのが当たり前だ」

すでに、他の四人の定廻《じようまわ》り同心の姿は詰所にない。

ここ最近、事件らしい事件がなく、江戸の町は平穏を保っている。こういうときは滅多にない。さっさと帰ったほうがいいに決まっている。

ただし今朝、富士太郎が出仕したところ、昨夜、喧嘩騒ぎがあったという知らせが、日暮里の自身番から届いていた。

日暮里には秀士館がある。気になった富士太郎は中間《ちゆうげん》の珠吉《たまきち》を連れてさっそく日暮里に向かい、自身番に詰めている町役人《ちようやくにん》に話を聞いてみたところ、どうやら酔っ払った若者同士の諍《いさか》いだったらしく、大したことはなかったようだ。

このあたりで若者というとまさか秀士館の門人ではないだろうね、と富士太郎は思ったが、怪我人はいないようだし、なにも届けが出ていないので、秀士館まで足を延ばすことはなかった。

「芝崎さん、でもあまり根《こん》を詰めないでくださいね」

「ああ、よくわかっている。富士太郎、かたじけない」

にこりと笑んで龍吾が礼をいった。

「いえ、とんでもない。——では、これで失礼します」

もう一度、富士太郎は頭を下げて龍吾に別れを告げた。

詰所の戸を静かに閉めて廊下を歩く。すぐに出入口に達し、富士太郎は大門の真下に出た。

「ああ、もうじき日暮れだね」

富士太郎は、一人つぶやいた。西の空が赤くなりつつあるのだ。

大門の下を潜《くぐ》った富士太郎は、南町《みなみまち》奉行所の前の道を歩き出した。

――それにしても、いい人が入ってきてくれたものだね。とても仕事熱心だし、気性も明るいしさ……。

龍吾はこれまで吟味方《ぎんみかた》の同心だったが、長いこと定廻り同心になりたいとの思いを抱いていた。その望みがついに叶ったのである。

龍吾が定廻り同心になったのは、欠員が出たからだ。諫早研之助《いさはやけんのすけ》が重い病にかかってしまったのである。

研之助が悪いのは肝の臓のようで、今は八丁堀の屋敷で医者の手当てを受けつつ臥《ふ》せっているらしい。同僚たちの話からして、どうやら病は長引きそうである。

――肝の臓が悪くなると、なかなか治らないって、前に雄哲《ゆうてつ》先生もおっしゃっていたからね。

富士太郎は研之助の身が案じられてならない。早く治ってほしいと願っている。お百度参りをしたいくらいだ。

——諫早さんは、お酒が大好きだからね。やはりそのせいかな。

そんなことを考えながら、富士太郎は道を急いだ。

——直之進さんはお酒をすっぱりとやめたそうだけど、おいらも思い切ってやめちまうほうがいいのかなあ。もうじき子も生まれるしさ。子のためにも、うん、この際きっぱりとやめようかな。ああ、でもさ、お酒っていいものだよねえ。おいしくてたまらないよねえ。

仕事の後の一杯のうまさ。あれを果たして捨てられるかどうか。

どうするべきか迷いつつ、富士太郎は足を運んだ。

ふと気づくと、すでに樺山屋敷のすぐ近くまで来ていた。

足を止め、富士太郎は屋敷越しに見えている西の空に目をやった。

——ああ、なんともきれいな夕日だねえ。考えてみれば、いつも帰りが遅くて、夕日を見るのはいつ以来か、わからないくらいだものね。この分なら、明日もいい天気になりそうだよ。

夕焼けの美しさが心にしみた。あれ、と富士太郎は目尻を指先でぬぐった。

——こうして夕日を見ていると、涙がにじんでくるのは、どうしてなのかねえ。別に悲しいことなんかないのに、なにかこみ上げてくるものがあるよ。

不思議だね、と独りごちて富士太郎は再び歩き出した。

開いている門をくぐった。玄関に向かおうとして、その場で立ち止まる。

——じき六つになるから、もう門は閉めておくほうがいいね。

富士太郎は門に手をかけた。

きしむ音を立てて門が閉まる。よっこらしょ、と富士太郎は閂《かんぬき》をかけ、敷石を踏んで玄関に足を踏み入れた。

「ただいま戻りました」

三和土《たたき》に立ち、富士太郎は声を発した。

「お帰りなさいませ」

どこからか妻の智代《ともよ》が応《いら》えを返してきた。

暗い廊下の奥の障子が開くや、居間から智代が姿を見せた。三和土に立つ富士太郎を見て笑顔になり、廊下を滑るように近づいてくる。

「あっ、智ちゃん、そんなに急いじゃ、危ないよ。大事な身なんだからね」

富士太郎はあわてて声をかけた。なにしろ智代は産み月まで、あと三月《みつき》ほどなのだ。

「ああ、はい」

うなずいて智代がすぐに足を緩めた。

それを見て富士太郎はほっとしたが、次の瞬間、きゃっ、と悲鳴を上げて智代が跳び上がり、その弾みで足を滑らせた。

智代の体が宙に浮き、着物の裾がめくれ上がって真っ白な脹《ふく》ら脛《はぎ》が露《あら》わになった。

「危ないっ」

叫んだ富士太郎は廊下に飛び上がると、智代に向かって頭から突っ込み、両手を思い切り伸ばした。

だが、富士太郎の手はわずかに届かなかった。智代は廊下に尻もちをつくと、腰をしたたか打った。

どん、といやな音が響き、横になった智代が、うーん、と体をよじってうめく。

「と、智ちゃん、大丈夫かい」

廊下に両膝をついた富士太郎は智代の体を抱き起こし、顔をのぞき込んだ。

富士太郎の腕の中で、智代は苦しげに眉根を寄せている。

「大きな蜘蛛《くも》が急に足元にあらわれて……」

「えっ、ああ、そうだったのかい」

智代は蜘蛛が大の苦手だ。嫌いなものがいきなり足元にあらわれたら、びっくりして足を滑らせてしまうのも無理はない。

智代の身が案じられて、富士太郎は気が気でない。

「どうしたのです」

後ろから母の田津《たづ》の声がした。富士太郎は振り向き、事の顚末《てんまつ》を田津に語った。

「富士太郎、智代さんを今すぐに布団に寝かせなさい」

田津が厳しい声で命じてきた。

「は、はい、わかりました。智ちゃん、動けるかい」

「はい、動けると思います……」

智代がか細い声で答えた。

「そうか。——よし、行くよ」

智代を抱きかかえて、富士太郎は夫婦の寝所《しんじょ》に連れていった。

富士太郎たちより先に田津が寝所に入り、押し入れから布団を出して敷いてくれた。このあたりは、さすがの手際としかいいようがない。

ありがとうございますと富士太郎は田津に礼をいって、智代を布団に寝かせた。顔をしかめつつ、智代が横になる。それを見た田津が急いで寝所を出ていく。

「大丈夫かい」

枕元に座した富士太郎は、枕に頭を預けた智代に改めてきいた。

富士太郎を見つめ返して、智代が苦しそうに眉間《みけん》にしわを寄せた。

「はい、大丈夫です。身動きすると、少し腰が痛みますけど……」

「おなかは痛くないかい」

目を閉じた智代が、いとおしそうに自分の腹をさすってみる。

「はい、おなかは痛くありません。なんともないようです」

それを聞いて富士太郎は胸をなで下ろした。

「ああ、よかった」

部屋に戻ってきた田津も安堵の息を漏らし、富士太郎の背後に端座した。

「しかし富士太郎、油断はなりませんよ」

田津がやや強い口調でいった。

「雄哲先生に診《み》ていただいたほうがよろしいでしょうね」

その言葉を聞いて、智代があわてて枕から首を上げる。

「いえ、義母上《ははうえ》、そこまでせずとも私は大丈夫です」

「いけませぬ」

智代をたしなめるようにいって、田津が首を横に振る。

「智代さんの身になにかあったら一大事。万が一のことがあったら、私が腹をかっさばいても合いませぬ」

これには富士太郎もびっくりした。

――母上が腹を切るだなんて。

しかし、とすぐに富士太郎は気づいた。

――母上は自らの命を引き換えにしてもいいくらいに、智ちゃんとおなかの子を、大事に思ってくれているんだね。

「わかりました」

田津の気持ちが伝わったらしく、智代がこくりとうなずいた。

「雄哲先生を呼んでくださいますか」

「では、今からそれがしが雄哲先生のところに行ってまいります」

「えっ、あなたがですか」

瞠目《どうもく》して田津が富士太郎を見る。

「たったいま勤めから戻ったばかりで、疲れているでしょう」

「いえ、大丈夫です」

富士太郎は胸を張った。

「このところ、事件らしい事件もなくて、それがしはむしろ力を持て余しているくらいですから」

「あなた方が暇なのは、私たち江戸に暮らす者にとっては、とてもありがたいことなのでしょうが……」

「とにかく母上、秀士館のある日暮里まで行ってきますよ」

その富士太郎の言葉を聞いて、田津がいたずらっ子のようににんまりした。

「どうせあなたがそういい出すだろうと思って、もう雄哲先生には使いを出しましたよ」

「えっ、そうなのですか」

富士太郎は目を丸くした。

「ですからあなたは、夕餉《ゆうげ》まで智代さんのそばについていてやりなさい」

「母上は、鍛吉《たんきち》を使いに出したのですね」

「ええ、そういうことです」

鍛吉とはつい最近、樺山家で働きはじめた下男である。もちろん富士太郎は米田屋を仲介として雇い入れたのだ。

鍛吉はまだ二十代の半ばで、小石川《こいしかわ》の商家の三男である。若いのになかなか気の利く男で、富士太郎たちは、いい者が来てくれたとそろって喜んでいる。

不意に田津が膝行《しっこう》し、智代の顔を心配そうにのぞき込んだ。

「智代さん、本当に大丈夫なのですか」

真剣な顔で田津が改めてきく。智代が申し訳なさそうな表情になった。

「すみません、ご心配をおかけして……。でも、大丈夫です。すぐに起き上がれるようになります」

それを聞いて田津がにこりとする。

「智代さん、無理をすることはないのよ。誰だって、転ぶことはありますから。私もこの子を身籠もっているとき——」

田津が、横に座っている富士太郎をちらりと見る。

「道で転んでしまって……」

「えっ、そうなのですか」

目を見開いて智代がいった。富士太郎もその話は初耳である。

ええ、と智代を見て田津が深くうなずいた。

「智代さんと同じように、ひどく腰を打ってしまったの。おなかに子がいるときって、思い通りに体が動いてくれないことが、ときにあるんですよ」

やはりそういうものなんだね、と富士太郎は思った。いくら苦手の蜘蛛に驚いたからって、何事もそつなくこなす智代がすってんと転ぶなど、滅多にあることではないのだ。

田津を見返して智代が顎を引く。

「義母上のおっしゃる通りです。足元に寄ってきた蜘蛛に驚いて飛び退《の》いたのは確かですが、次の瞬間、宙に浮いた両足が目に飛び込んできて、私はそのことにむしろ驚きました。なにが起きたのかわからなかった……。気がついたときには、富士太郎さんに抱きかかえられていました」

「子をはらんでいるときって、そういうものなのよ」

田津がすぐさま同意してみせる。

「本当に意外なことが起きるの」

「はい、次は気をつけます」

「私ももっと早く智代さんにいっておけばよかった」

田津が少し悔いる表情になった。それからまた富士太郎をちらりと見た。

「私が転んでしまったせいか、この子はほかの人とはちがって、ちょっとおかしなふうに育ってしまって……」

母上は、と富士太郎は思った。

――前においらが直之進さんを慕っていたことを、いっているんだね。でも、直之進さんは惚れるに値する男だよ。だから、それを恥じる気などないよ。

「いえ、義母上」

智代が真摯な口調で田津に語りかける。

「富士太郎さんは、この世に二人といない素晴らしいお方です。ですから、ほかの人たちと同じでないのは、当たり前のことです」

これだけは譲れないという思いを露《あら》わに、智代がいった。

それを聞いて田津がにっこりとする。

「智代さんがそう思ってくれているのなら、何もいうことはないわ」

ふふ、と田津が微笑んだ。

「だったら、あのとき私が転んだのがよいほうに出たのかしらね……」

――でも、そうだったのか。母上も、おいらを身籠もっているさなかに転んでしまったんだね。そのことで母上のいう通り、今のおいらは、ほかの人とちがってしまったのかな。

もし母が転ばなかったら、自分は今とはまったく異なる気質をもって、この世に生まれてきたのだろうか。

――いや、なにごとも運命だもの。この世に偶然なんて、ありゃしないんだ。おいらはどんなことがあろうとも、きっと今の気質だったのさ。そして智ちゃんを愛して、一緒に暮らしたに決まっているよ。

富士太郎は確信している。

三

明くる朝。

早くから富士太郎は、自宅の門前に立っていた。朝霧が立ちこめており、見通しがあまり利かない。

――まったくうっとうしい霧だね。

普段はこんなことは思わないが、やはり智代のことがあり、富士太郎の心は沈んでいる。

六つ半を過ぎたと思える頃、さらに濃くなってきた朝霧を突き破るようにして雄哲が姿を見せた。

助手の一之輔《いちのすけ》を連れている。

「おはようございます」

門前にやってきた雄哲の前に立って、富士太郎は深々と辞儀をした。

「おう、富士太郎さんではないか」

霧のせいで富士太郎が見えなかったのか、雄哲がびっくりしたように立ち止まった。

「雄哲先生、一之輔さん、お疲れのところ、朝早くから申し訳ありません」

駆けつけてくれた雄哲と一之輔に、富士太郎は心の底から感謝した。昨夜、秀士館に走った鍛吉は、すぐに八丁堀の組屋敷に戻ってきた。下谷《したや》の商家の隠居が倒れて、診察と看病で雄哲がいつ秀士館に戻るかわからないという。その頃には、智代の様子も落ち着いていたので、鍛吉に今度は下谷の商家に走ってもらい、明日にでも智代の様子を診に来てほしいと頼んだのだった。

「富士太郎さん、だいぶ待たせてしまったな」

「いえ、先生がいらしてくれただけで、うれしくて涙が出そうです」

「それはまたずいぶん大袈裟《おおげさ》ないいようだな。富士太郎さん、ではさっそく智代さんを診せてもらおうか」

「はい、よろしくお願いいたします」

富士太郎は、雄哲と一之輔を門内に招き入れた。

「しかし富士太郎さん、寝ておらぬのではないか。そんな体で御番所《ごばんしょ》に出仕《しゅっし》して大丈夫か」

玄関に入った雄哲がきいてきた。

「母上と交代で仮眠をとりましたから、心配いりません」

雄哲を見つめて富士太郎は微笑した。

「それならよいのだが……」

「どうぞ、お上がりください」

雪駄《せった》を脱いだ雄哲が式台に上がる。富士太郎は薬箱を手にしている一之輔に、ちらりと目を当てた。

川越が生まれ故郷の一之輔は、川越城主の松平《まつだいら》家の御家騒動に雄哲ともども巻き込まれた。命を失う危険すらあったのだが、今ではなにもなかったように落ち着きを取り戻している。

「智代さんは、廊下で転んで腰を打ったと聞いたが」

智代が横になっている寝所に向かいつつ雄哲がきいてきた。

「ええ、この廊下です。いきなりあらわれた蜘蛛にびっくりしてしまいまして……」

「蜘蛛か。智代さんは、まだ起き上がれそうにないのだな」

「無理をすれば、起き上がれるらしいのですが……」

智代は富士太郎たちを安心させようとして、大丈夫です、といっては起きようとするのだが、雄哲先生に診てもらうまでは無理はなりませぬ、と田津が止めたのだ。

「富士太郎さん、火鉢《ひばち》と鉄瓶《てつびん》は用意してあるかな」

はい、と富士太郎はいった。

「火鉢に火を入れ、水を張った鉄瓶をのせてあります。もう湯は沸いているはずです」

「そうか、それは重畳《ちようじよう》」

「こちらです」

うむ、といって足を止めた雄哲が、寝所の障子に手をかける。障子を横に滑らせる前に、富士太郎を見た。

「智代さんのことが心配でならぬだろうが、おまえさんは居間のほうで待っていなされ」

「あっ、はい、わかりました」

「失礼する」

中に声をかけて雄哲が障子を開けた。おっ、とすぐに声を発した。

「田津さんもこちらだったか。済まぬが、田津さんも外してもらえぬか」

「はい、わかりました」

智代の枕元に座していた田津が立ち上がり、雄哲に改めて辞儀をした。

「先生、智代のこと、どうかよろしくお願いいたします」

「よくわかっておるよ」

敷居を越えた雄哲が、起き上がろうとする智代を、そのまま、と制した。

「医者を前に、無理をすることなどない。横になっていても診察はできる」

「はい、ありがとうございます」

少し細い声で智代が礼をいった。

「これから先生が診察されますので、こちらは閉めさせていただきます」

廊下に立つ富士太郎と田津に断って、一之輔が障子を静かに閉じた。

富士太郎の視界から智代が消えた。もうここから先は雄哲に任せるしかない。

「富士太郎、私たちは居間にまいりましょう」

田津が富士太郎をいざなう。

廊下を歩いて、富士太郎と田津は居間に控えた。

「ああ、お茶を淹《い》れましょうかね」

部屋の真ん中に置かれた火鉢の上に、鉄瓶がのっている。

「母上、智ちゃんのお父上には知らせずともよいでしょうか」

智代の実家は一色屋《いっしきや》という呉服屋で、日本橋堀江町《ほりえちょう》界隈では名の知れた大店《おおだな》である。

「いまはまだよいでしょう。雄哲先生のお診立《みた》てを聞いてからでも遅くはありませんよ」

富士太郎は得心し、うなずいた。

「富士太郎、あなた、まだ出仕せずともよいのですか」

「はい、あと四半刻は大丈夫です」

できれば診察を終えた雄哲先生の話をお聞きしたいものだね、と富士太郎は考えている。

風が出てきたのか、居間の腰高障子ががたつく。

それが何度か繰り返される。

腰高障子がまた風でわずかに動いた直後、寝所の障子が開いた音を、富士太郎の耳ははっきりと捉えた。

「あっ、母上、終わったようですよ」

富士太郎は田津に告げた。

立ち上がった富士太郎は腰高障子を開け、廊下に顔を突き出した。

廊下に雄哲の姿がある。

「お大事になさってください」

寝所の智代にいった雄哲の声も富士太郎に聞こえてきた。

雄哲に続いて寝所をあとにした一之輔が、障子を閉める。

雄哲と一之輔が廊下をやってきた。

「いかがでしたか」

間近までやってきた雄哲に、富士太郎はたずねた。

「うむ。富士太郎さん、そのことは居間で話そう」

「あっ、はい」

雄哲が居間に入り、田津が出した座布団に座った。一之輔がその後ろに控える。

富士太郎は雄哲の向かいに端座した。

田津が雄哲と一之輔に茶を出した。

「では、遠慮なく。一之輔もいただきなさい」

湯飲みを手にした雄哲が茶をすすった。

「ああ、うまい。茶葉もよいのだろうが、田津さんの淹れ方が上手なのだな」

「いえ、そんなことはありません」

田津が威儀を正して雄哲を見つめる。

「うむ、智代さんのことだが……」

湯飲みを茶托《ちゃたく》に戻して、雄哲が腕組みをする。少し難しい顔をし、目をぎょろりと動かしてから口を開いた。

「まず大丈夫と思う」

その言葉を聞いて、富士太郎は肩から力が抜けた。

「智代さんは単なる打撲だな。おなかの子への影響はまずあるまい」

「ああ、よかった」

田津が安堵《あんど》の声を上げた。

「智代さんは腰をひどく打っておる。腰骨は折れておらんが、しばらくは安静にしておいたほうがよかろう。痛みが引くまでは、歩かせぬほうがよい」

「わかりました。では、厠《かわや》に行くときには、それがしが背負ったほうがよろしいのですね」

「できるなら、そうしたほうがよいな。腰にかかる負担をできるだけ少なくすれば、治りも早いはずだ」

雄哲が、じろりと富士太郎を見る。

「問題は富士太郎さんがお勤めに出ている昼間だな」

「ああ、おっしゃる通りですね」

いったいどうすればいいんだろう、と富士太郎は思った。

「私がやります」

いきなり田津がいったから、富士太郎はびっくりした。

「田津さんにできるかな」

首をかしげて雄哲が問う。

「私だけではさすがに難しいですから、鍛吉に手伝ってもらいます」

「ああ、昨晩、使いに来てくれた下男が鍛吉という名だったね。うむ、鍛吉が当てにできるなら、そのほうがよかろう」

腕組みを解き、雄哲がまた茶を飲んだ。

「もしかすると、腰を打ったせいで、血の塊《かたまり》ができてしまうかもしれん。この薬草を煎《せん》じて、毎日、しっかりと飲ませなさい。さすれば、血が滞《とどこお》ることもなく塊もできまい。打撲も早く治ろう」

「毎日ですね。わかりました」

うなずいた富士太郎は、雄哲にすぐさまたずねた。

「先生、その薬湯はどのくらいの期間、飲ませればよろしいのですか」

「今日、薬草を渡すが、それが全部なくなるまでだな。多分、半月ばかりで終わろう」

　半月か、けっこう長いものだな、と富士太郎は思った。智代の怪我はそんなに軽いものではなかったのだ。

　――雄哲先生に来ていただいて本当によかったよ。

　富士太郎は雄哲に感謝の眼差しを投げて頭を下げた。

「いま妻《さい》はどうしていますか」

　面《おもて》を上げて富士太郎は雄哲にたずねた。

「どうした、急にあらたまって。よく眠っておるはずだよ」

　小さく笑んで雄哲が答えた。

「わしが飲ませた薬が効いておるのだよ。わしが部屋を出たときには、もう智代さんはうつらうつらしておったからな」

「ああ、さようですか。眠れるのなら、なによりです」

「智代さんは、昨夜は腰が痛くて熟睡できなかったようだな」

「はい、先生のおっしゃる通りです」

「それよりも富士太郎さん――」

　口調を改めて雄哲が呼びかけてきた。

「そろそろ御番所に向かう刻限ではないか」

「ああ、さようですね。ではそれがしは出仕させていただきます」

畳に置いておいた長脇差を手に、富士太郎はすっくと立ち上がった。

雄哲が見上げてくる。

「富士太郎さん、出際に智代さんの顔を見ていくくらいは構わんよ。眠りが深いだろうから、起きはせんだろう」

「はい、では我が妻に出仕することを心で告げてまいります」

雄哲に深く礼をいってから、富士太郎は居間を出た。廊下を進んで寝所の前に立ち、障子をそっと開ける。

布団に横になっている智代の顔が瞳に映り込んだ。

穏やかな寝息が聞こえてくる。掛布団が静かに上下していた。

――ああ、先生のいう通り、本当によく眠っているね。

これほどぐっすりと眠れるなら、怪我の治りもきっと早いにちがいない。

もっと智代の顔を見ていたかったが、いつまでもこうしているわけにもいかない。

富士太郎は障子を閉めた。廊下を玄関のほうに向かう。

ちょうど雄哲が、一之輔とともに居間から出てきたところだった。田津もその後ろに続いている。

「ああ、富士太郎さん。いま田津さんにも話したのだが……。これからも深更《しんこう》になろうが、嵐だろうが、なにかあった際はいつでも遠慮せずに使いをよこしなさい」

なんと温かな言葉だろう、と富士太郎は感激した。

「は、はい、よくわかりました」

「ただ、今回は智代さんの怪我が重くなかったからよかったようなものの、様子によっては近所の医者を呼ぶことを優先すべきじゃ。八丁堀から日暮里まで二里ほどか。使いを立ててからわしが着くまで一刻以上はかかってしまうからな」

確かにそういうふうに考えると、富士太郎は背筋が寒くなった。

「はい、先生、よくわかりました」

嚙み締めるように富士太郎は雄哲にいった。

「薬湯は一日二回、朝と晩だ。決して忘れぬように。今夜からだ」

「承知いたしました」

富士太郎はきっぱりと答え、廊下を歩き出した雄哲と一之輔のあとに続いた。

三和土で雪駄を履き、富士太郎は雄哲たちと一緒に玄関を出た。敷石を踏んで門のところまで行く。田津もついてきている。

富士太郎は、目の前の見慣れた景色を眺めて、あっ、と思った。

——霧が晴れているよ。これはまちがいなく先生がいらしてくれたからだね。雄哲に智代を診てもらったおかげで、富士太郎の気がかりも消えつつあった。

門のところで雄哲が足を止めた。

「もはやなにもないとは思うが、もし智代さんの容体が急に変わったりしたら、すぐにつなぎをよこすようにな。先ほどもいったが、決して遠慮などいらんぞ。では、これでわしは失礼する。お大事にな」

笑みを浮かべて、雄哲が富士太郎と田津にいった。

「先生、まことにありがとうございました」

富士太郎と田津は深々と頭を下げた。雄哲には感謝してもしきれない。

——この恩はいつか必ず返すよ。返さなければ男じゃないよ。

富士太郎は自らにいい聞かせた。

一之輔を連れて、雄哲が急ぎ足で去っていく。秀士館に戻るやいなや、塾生たちに講義をするのだろう。

──秀士館に雄哲先生がいらっしゃる限り、きっと素晴らしい医者が、次から次へと何人も生まれてくるにちがいないよ。誰だって雄哲先生のようになりたいと憧れるからね。

徐々に小さくなっていく雄哲の後ろ姿を見つめながら、富士太郎は確信した。

やがて雄哲たちの姿は見えなくなった。

さあ、と田津が富士太郎をうながすようにいった。

「智代さんのことは私に任せて、いってらっしゃい。一色屋には知らせずともいいでしょう」

「わかりました。母上、智ちゃんのこと、どうかよろしくお願いします」

富士太郎は、懇願するように田津に向かって深々と腰を折り曲げた。

「富士太郎──」

富士太郎を見て、田津が苦笑している。

「そこまでせずとも智代さんは私の大事な娘なのですから、しっかりと面倒を見ます」

「いえ、智ちゃんはそれがしの大事な妻です。いくら母上といえども、こうして頼み込むのは当然のことです」

「とにかく早くいってらっしゃい。遅れてしまうわ」

「わかりました。行ってまいります」

会釈《えしゃく》気味に頭を下げて、富士太郎は足を踏み出した。

智ちゃんはきっと大丈夫だろう。

そうは考えるものの、正直、富士太郎は後ろ髪を引かれる気持ちである。

歩いていてもすぐに智代のことに思いがいき、足取りがつい重くなってしまうが、富士太郎はそのたびに懐にしのばせた十手《じって》に触れた。

おいらは定廻り同心なんだからね、と自らを戒《いまし》める。

——智ちゃんも大切だけれど、お役目もとても大事なんだよ。なんといっても、おいらは江戸の太平を守っているんだからね。

やがて富士太郎の目は、南町《みなみまち》奉行所の大門を捉えた。やっと着いたか、と思った。今日はいつもより奉行所がだいぶ遠くに感じた。

大門をくぐった富士太郎は定廻り同心の詰所に行き、同僚たちに朝の挨拶をした。

「おう、富士太郎、おはよう」

芝崎龍吾が明るい笑顔を見せた。

「富士太郎、俺たちよりも遅いなんて、珍しいな」

「はい、済みません。ちょっと寝坊してしまいまして……」

「富士太郎、目が赤いぞ」

龍吾が心配そうにいった。

「寝坊というより、むしろ眠っておらぬように見えるが……。なにかあったのか」

——こういうところが評価されて、芝崎さんは定廻りになったんだね。

合点がいった富士太郎は龍吾の前に行き、昨日から今日にかけてなにがあったか小声で話した。

「えっ、智代さんが……」

龍吾も声を低くして返してきた。

「腰を打ったって、大丈夫なのか。今おなかに子がおるのだろう」

「ええ、それは大丈夫です。雄哲先生に診てもらい、太鼓判を押してもらいましたから」

「ほう、雄哲先生に診てもらったか。そいつはすごいな。天下の名医ではないか」

「でも、とても気さくなお方ですよ」

そうか、と龍吾がつぶやいた。

「ならば、もしうちの家人《かじん》にもなにかあったら、富士太郎、そのときは雄哲先生を紹介してもらえるか」

「ええ、承知しました」

元気よく返事をして、富士太郎は自分の文机の前に座した。昨日の日誌を開いて、今日なすべきことを頭の中でまとめる。

もっとも、ここ最近、本当になにも起きていない。

一昨夜《いっさくや》の日暮里の件も、別にそれから騒ぎは起きていないようで、自身番からつなぎは届いていない。

——差し当たり、探索すべき事件はないね。よし、行くとするか。

立ち上がった富士太郎はまだそこにいる同僚たちに、見廻りに行ってまいります、といった。

詰所をあとにし、大門の下に出た。いつものように大門の裏側に回る。

これもまた、いつものように珠吉が立っていた。

「おはよう、珠吉」

富士太郎は声を投げた。

「おはようございます、旦那」

珠吉が明るい声で返してきたが、富士太郎の顔を見て眉を曇らせる。

「今日はいつもより少し遅いみたいですけど、なにかありましたか。もしや旦那、どこか悪いんですかい。なにか顔色がよくないですよ」

「さすが珠吉だね。見抜かれちまったか」

苦笑して富士太郎は鬢《びん》をかいた。

「いつもはおいらが珠吉の顔色をじっくりと見て、今日も大丈夫かどうか判断するのに」

「あっしはいつも通り元気ですよ」

珠吉がぐいっと胸を張る。確かに血色もいいし、声にも若者のようなつやがある。

――珠吉はほんとにいつも元気だね。この分なら、六十五まで悠々と中間をつとめてくれるだろうさ。

再来年の六十五歳までは富士太郎の中間をつとめると珠吉はいってくれたのだ。ということは、それまでには必ず珠吉の後釜を富士太郎は見つけなければならない。

あと一年と少ししかない。あっという間だ。

「それで旦那、なにがあったんですかい」

気がかりそうに珠吉がきいてきた。

珠吉に顔を寄せ、富士太郎は智代のことを話した。

それを聞いて、珠吉が暗い顔になった。

「そいつはまた……」

眉根を寄せた珠吉が富士太郎を見上げる。

「雄哲先生に診てもらったとのことですが、旦那、智代さんとおなかの子はまことに大丈夫なんですかい」

「雄哲先生が薬湯をちゃんと飲ませれば大丈夫とおっしゃってくれたからね」

「さいですかい」

顎に指先で触れて、珠吉がなにやら考え込みはじめた。

しばらくその姿勢のままでいたが、不意に面を上げた。

「旦那、あっしに五日ばかり、休みをくれませんか」

「ええっ」

まさか珠吉がそんなことをいうなど、富士太郎は思いもしなかった。あまりにびっくりして、まじまじと珠吉の顔を見る。

「珠吉、五日も休むのかい」

富士太郎は喉仏を上下させた。

「今は大きな事件は起きてないから別に構わないけど、珠吉、なんでそんなことを急にいうんだい」

「ちょっとやりたいことがあるからですよ」

「やりたいことって、なんだい」

「五日ばかり休みを必要とすることですよ」

「ああ、どこかに行くのかい。もしかして旅に出るつもりなのかい」

富士太郎をじっと見て、珠吉が大きくかぶりを振った。

「それは秘密ですよ」

「えっ、秘密なのかい。どうしてだい」

互いになんでも話せる間柄だと思っていたから、まさか珠吉がそんなことをいうとは思ってもいなかった。

幾分、済まなそうに珠吉が富士太郎を見上げてくる。

「旦那、申し訳ありません」

「いや、別にいいたくないことを無理にいう必要はないんだけど」

言葉を切って富士太郎は珠吉を見つめた。

「でも珠吉、なぜ秘密なんだい」

「まあ、別にそんなに大したことではないんでいってもいいんですけど、いうと、なにか効き目というか、御利益がなくなるような気がするんですよ」

「御利益だって……」

珠吉はどこか霊験あらたかな神社仏閣にでも行くつもりなんだろうか、と富士太郎は思った。

「とにかく旦那、あっしには、しなきゃならないことができたんですよ」

富士太郎を見つめて、珠吉がきっぱりと告げた。

「うん、わかったよ」

富士太郎はうなずいた。

「でも珠吉、今日や明日いきなり休むというのは無理だよ。休みは明後日からでいいかい」

「もちろんですよ」

富士太郎を見て、珠吉がにこりとした。

「旦那、あっしのいないあいだ、誰を中間にするんですかい」

「まだ決めてないよ」

顔をしかめて富士太郎は腕組みをした。

――さて、どうするかねえ。一人で町廻りをするわけにはいかないしね。なにより恰好がつかないよ。

どうにかなるか、と富士太郎は思った。番所内で働いている中間小者のうち、気が利きそうな者が何人かいる。その者たちの一人を試しに使ってみるのもいいかもしれない。

意外な掘り出し物が見つかるかもしれないではないか。

四

もし下手人を見つけたら叩きのめしてやる、と石脇周吾《いしわきしゅうご》は決意している。

「なんだ、周吾。これから飲みに行くというのに、ずいぶん怖い顔をしているではないか」

提灯《ちょうちん》を手に横を歩いている北潟早三郎《きたかたそうざぶろう》が軽口を叩く。

「周吾、仇を討つつもりなのか」

「当たり前だ」

語気荒く周吾は答えた。

「同じ道場の仲間をやられて、借りを返さずにいられるか」

周吾は目をぎらつかせて、すっかり暗くなった日暮里を歩いている。周吾と目が合った町人が、さもびっくりしたように道をよけていく。

「そんな恐ろしい形相をしていたら、下手人だって寄りつかぬのではないか」

「俺はそんなに怖い顔つきをしているか」

「ああ、している。普段の周吾とは別人に見える」

「そうか、下手人が寄ってこぬのではしようがないな」

周吾は顔だけでなく全身から力を抜いた。

「おう、いいぞ。いつもの男前に戻ったな」

「そうか」

周吾は顔をつるりとなでた。

「おっ、着いたぞ」

周吾たちの目の前で、馴染みの煮売り酒屋助田屋《すけだや》の暖簾《のれん》がはためいている。

「早三郎、入るのはよいが、あまり飲み過ぎてはならぬぞ。師範の川藤《かわとう》先生もおっしゃっていた」

暖簾を払う前に周吾は早三郎に忠告した。

「その言葉は、周吾、そのままおぬしに返させてもらう」

「ふん、いっておれ」

助田屋に入る前に、周吾はあたりに目を配った。なにかいやな気配を嗅いだような気がしている。

「周吾、どうかしたか」

提灯の火を吹き消そうとしていた早三郎が手を止め、きいてきた。

「いや、誰かに見られているような気がしたのだ」

「なにっ」

叫ぶようにいって早三郎が提灯を掲げた。

「どのあたりだ」

「いや、方角はわからぬ。ただ、そんな気がしただけだ」

「一昨夜のやつが、俺たちのことを見ているのか」

「狙っているのかもしれぬ」

なにか得体の知れない眼差しだったように周吾は感じた。

「どこにいるかわからぬというのが、薄気味悪いな」

提灯をかざしたまま、早三郎が怖《お》じ気《け》をふるうようにいった。

ふん、と周吾は鼻を鳴らした。

「もしその気でいるのなら、望むところだ。三人の仇を討ってやる」

周吾はあたりを憚らない大声を出した。もし一昨夜に道場の仲間三人を襲って叩きのめした侍が近くにひそんでいるのなら、自分の声が届くようにいったのだ。

しかし、眼差しの主とおぼしき者はどこにも見当たらない。今はもうその眼差しすら感じない。

「いなくなったようだ」

周吾は肩から力を抜いていった。ほのかに明かりを投げている灯火の下《もと》、笑顔で道を歩いている者がほとんどだ。これから居酒屋に入り、酒を飲んで昼間の疲れを癒やそうとしている者たちである。

「よし、周吾、入るか」

「うむ、そうしよう」

提灯の火を消した早三郎が先に立ち、助田屋の暖簾を払って障子戸をがたぴしいわせながら横に引いた。もわっ、と煙草の煙が一気に流れ出てくる。

——相変わらずすごいな。

煙草を吸わない周吾にはこの煙はかなりきついものがあるが、それを補ってあまりあるほど助田屋の料理と酒はうまく、しかも安いのだ。

「おお、一杯かな」

つぶやいた早三郎が厨房《ちゅうぼう》にいる店主に、座れるか、ときいた。

「ええ、そこの小上がりが空いてますよ」

伸びをするように店主が指をさす。

「ああ、かたじけない」

小上がりの場所を確かめたらしい早三郎が周吾を振り向く。

「よかったな、周吾。空いているぞ」

うむ、と周吾はいった。しかし、今夜もすごい繁盛ぶりだ。

小上がりが六つと土間に置かれた八つの長床几《ながしょうぎ》のほとんどに人が座し、酒を飲んだり、肴《さかな》を食べたりしている。

誰もが笑顔で、楽しそうに語り合っている。酔っ払っているせいもあって皆、大声だ。大声を出さないと、隣の者の声も聞こえないのだろう。

煙草や焼きものの煙で、ひどくもやっている店内を歩き、周吾と早三郎は空いている小上がりに座を占めた。

「ああ、ここは落ち着くな」

薄汚れた壁に背中を預けて、早三郎がうれしそうにいった。

すぐに、顔馴染みになっている小女《こおんな》が寄ってきた。

「いらっしゃいませ」

近在の百姓の娘が働きに来ているのか、垢抜けてはいないが、いつもにこにこして、気立てのよさを感じさせる娘である。名は、おきよという。

妾《めかけ》にするならおきよのような娘がよいな、と早三郎は不届きなことを周吾にいったことがある。

――まあ、早三郎なら五百三十石の旗本の家の跡継ぎだものな。父上にも妾はいるだろうし、この娘を妾にと考えるのは、至極当たり前のことかもしれぬ。

「お酒と煮魚、焼き魚、刺身の盛り合わせでよろしいですか」

おきよが朗《ほが》らかな声できいてきた。

「うん、それでいい」

　早三郎が笑みを浮かべてうなずいた。

　だいたいいつも頼むものは決まっている。

「お酒は、燗《かん》をつけますか」

「いや、俺は冷やでよい。周吾は」

「俺も冷やがいいな」

「わかりました。ありがとうございます」

　軽く頭を下げて、おきよが厨房に注文を通しに行く。

「ああ、早く酒がこぬかな。楽しみでならぬ」

　手をこすり合わせて早三郎がいった。

「うむ、まったくだ。しかし早三郎は、師範のいいつけをもう忘れているようだな」

「忘れてはおらぬ」

　まじめな顔で早三郎が断言する。

「師範は、飲みに行くのを止めはせぬが、決して飲み過ぎぬよう、いざこざを起こさぬようにとおっしゃったのだ。今宵は飲み過ぎぬ程度で止めておく」

「早三郎に、ほどよいところで止めることができるとは思えぬが」

「できるさ。なんといっても、俺は意志がかたいからな」

「かたいのは、酒をやめぬという意志ではないのか」

「酒は決してやめぬさ。こんなにうまいもの、やめてしまう者の気が知れぬ」

「だが、湯瀬師範代はすっぱりとおやめになったそうではないか」

「えっ、そうなのか」

初耳だったらしく、早三郎が驚きの顔を見せる。

「なんだ、知らなかったか。もっと剣が強くなりたいとの思いから、二年も前におやめになったというぞ」

「ほう、そいつはすごい。ところで、倉田《くらた》師範代はどうだ」

「倉田師範代はやめられてはおらぬようだな。だが、もともと酒はほとんど口にされぬと聞いている」

「へえ、そうなのか。剣が強くなるためには酒は邪魔物なのかな」

「そうなのかもしれぬ」

お待たせしました、とおきよがやってきた。

周吾たちのそばに置かれたのは、冷や酒の入った二本の徳利《とっくり》と刺身の盛り合わせがのった大皿である。

大皿には鯵《あじ》と鰤《ぶり》、締《し》め鯖《さば》に鮪《まぐろ》がどっさりとのっている。

「こいつはうまそうだ」

さっそく箸を伸ばし、周吾は鮪を食した。鮪は下魚《げざかな》というが、実際に食べてみると、すこぶる美味である。

これほどうまい魚を下魚と見下して食べない者は、人生でまちがいなく損をしていると周吾は思っている。

「ところで周吾」

酒をうまそうに飲みつつ早三郎がきいてきた。

「菱田《ひしだ》、西藤《さいとう》、隠岐山《おきやま》たち三人の怪我の具合を知っているか。三人とも、今日の稽古に出てこなかったが」

周吾は締め鯖を口に放り込んで答えた。

「なに、三人とも顔を手ひどく殴りつけられたらしいが、幸いにも大した怪我ではないようだな」

周吾はまた鮪に箸をつけた。脂のほどよい旨みが口中に広がっていく。

「この近くの町医者が診てくれたようだな。頬骨や顎の骨が折れていたら大変だったろうが、幸いにも打撲という見立てらしい。三人とも、明日には稽古に出てこられるようだぞ」

「それは重畳」

酒をぐびりと飲んだ早三郎が、周吾に顔を寄せてきた。

「相手は一人か」

「どうもそうらしいな。頭巾《ずきん》をした侍と聞いたぞ」

「頭巾の侍か。なにか怖い感じがするな。たった一人であの三人を叩きのめすなど、かなりの遣い手にちがいない」

「三人ともけっこう酔っていたらしいから遣い手でなくとも、叩きのめすのはそう難しいことではあるまい」

「はて、そうかな」

酒をすって早三郎が首をひねる。

「菱田や西藤はともかく、隠岐山はなかなかの遣い手だぞ。酔っていてもかなりやるのではないか」

「確かにな」

道場で何度か竹刀《しない》を交えたことがあるが、周吾も辟易《へきえき》させられるほど素早い動きをしてくるのだ。引き際の小手《こて》を狙うのが巧みで、わかっていてもよけられない。

――そういえば、湯瀬師範代や倉田師範代には隠岐山の小手はまったく通用せぬな。

湯瀬直之進と倉田佐之助《さのすけ》にはあっさりと小手をかわされて、逆に隠岐山はいつも小手をびしりと打たれている。

――あのお二人には、隠岐山の小手がはっきりと見えているのだよなあ。両師範代の腕前に到達するのに、いったいどれだけの稽古を積まねばならないのか。

もし仮に二人と同じだけの稽古を積んでも、素質のちがいで同じ腕前まで到達できないかもしれない。

そのことを考えると、周吾は将来に絶望を覚える。七十石という貧乏御家人の四男だが、なんとしても剣で身を立てたいと思い、金のかからない秀士館に入門したのだ。

だが、今のままでは道ははるかに遠いとしかいいようがない。

――ふむ、俺も酒をやめてみるか。なにか好きなことを一つでも断たぬと、強くなれぬのではないか。

「どうした周吾。ぼんやりしおって」

そういうと手酌で徳利から酒を注ぎ、早三郎がくいっと杯を傾ける。

「ああ、うまいなあ」

しみじみと早三郎がいう。

「ところで、一昨夜は、日暮里の自身番の者が菱田たちのもとに駆けつけてくれたらしいが、下手人につながる手がかりを自身番の者は握っているのかな」

「なにもなかろう。自身番の者たちが捕物道具を手に駆けつけたときには、頭巾の侍の影も形もなかったそうだ」

そうか、といってまた早三郎が酒を喫《きっ》した。空にした杯を膳に置いて、徳利に手を伸ばす。

「なんだ、空か」

早三郎がおきよに新たな酒の注文をした。間もなく、注文してあった煮魚と焼き魚と一緒に二本の徳利がもたらされた。

早三郎が一本の徳利を持ち上げて杯に酒を注ぎ、一気に乾《ほ》した。

「ああ、うまいなあ。うますぎる」

飲み過ぎではないか、と思ったが、周吾はなにもいわなかった。

早三郎は常にこんな調子なのだ。酒を飲みはじめると止まらなくなる。もうよせ、と止めたところで、酒を口に運ぶのを決してやめない。いつも、お開きにした後まで酒を飲んでいるのだ。

「しかし、なにゆえその頭巾の侍は菱田たちを襲ったのかな」

周吾は、おのれの心にわだかまる疑問を口にした。

「えっ、菱田たちは狙われたのか」

杯を運ぶ手を途中で止め、早三郎が驚いたようにいった。

「通りすがりの酔っ払い同士の諍いではないのか」

「通りすがりの諍いならばよいということではないが、先ほど俺は何者かの眼差しを感じたからな」

「それが頭巾の侍の眼差しだというのか」

「ちがうかな」

「さて、どうだろう」

早三郎が少し怯《おび》えたような顔になっている。飲みに出たことを後悔しているような顔つきだ。その恐怖を振り払うためか、杯を口に持っていく回数が見る間に多くなった。

一刻後、周吾の思った通り、早三郎はへべれけになっていた。料理もあらかたなくなっている。七、八本の徳利が畳に転がっていた。

「よし、帰るぞ、早三郎」

周吾は肴はたらふく食べたものの、ほとんど酒は飲んでいない。助田屋に入る前に感じた眼差しが、やはり気になっている。

「おい、早三郎、立てるか」

「立てるさ」

座しているが、早三郎の上体はふらふらと前後左右に揺れている。

「よし、ちょっと待ってろ。いま勘定をしてくる。割勘定《わりかんじょう》だぞ、あとで払えよ」

「ああ、わかっているさ」

酔眼《すいがん》を周吾に向けて早三郎がいった。

帳場で勘定を済ませた周吾は早三郎のいる小上がりに戻った。

「さあ、行くぞ」

周吾は早三郎を立ち上がらせた。

「まったく、正体がなくなるまで飲みおって、しようがないな」

「俺は酔ってなどおらぬぞ。しらふも同然だ」

「酔っ払いはたいていそういうのだ」

よっこらしょ、と周吾は早三郎に肩を貸した。まだ大勢の酔客が酒と料理を楽しんでいる中、ぶつからないようにして助田屋を出る。

もうもうたる煙草と焼き物の煙から解き放たれて、周吾は少しほっとした。

周吾も早三郎も、偶然にも屋敷は白山権現《はくさんごんげん》近くの指ヶ谷《さすがや》一丁目である。

ここからさして遠くはないが、このへべれけの男を送っていくのはかなりの骨だ。辻駕籠《つじかご》に乗せても、すぐに転がり落ちてしまうだろう。

——まあ、ともに飲んだ者の務めだな。屋敷までなんとか連れていくしかあるまい。

腹を決めた周吾は提灯をつけ、通りを歩き出した。

すぐに人家が途切れ、あたりの灯火がだいぶ減ってきた。

——暗いな。いやな感じだ。

どうしても、助田屋に入る前に覚えた眼差しが脳裏によみがえる。

——あらわれるかな。

周吾がそんなことを思ったとき、道の向こうにつと提灯が灯ったのが見えた。

──あんなところでなにをしていたのだ。立ち小便か。

提灯はこちらに向かってくる。歩を進めつつ周吾は目を凝らした。近づいてくるのは、どうやら侍のようだ。腰に刀を差しているのがわかったのである。一人のようだ。供らしい者はいない。

──一本差か。浪人だな。

男はよく腰が落ちており、相当の遣い手らしいのは夜目《よめ》でも察せられた。

ふと周吾は、侍が頭巾をかぶっていることにようやく気づいた。胸がどきりとする。

──あらわれたか。

周吾は足を止めた。

「ちょっと座っておれ」

肩を貸していた早三郎を、周吾はかたわらの大石の上に座らせた。

足早に歩いてきた頭巾の侍が周吾の横を通り抜けようとして、いきなりふらりとよろけた。

周吾と肩が当たった。

「あっ」

周吾は声を上げた。

「きさま、なにをするっ」

頭巾をかぶった侍が振り向き、怒声を発した。その声に、どこか訛《なま》りがあった。

「それはこっちの台詞《せりふ》だ。肩をぶつけてきたのはきさまの方ではないか」

袴の裾を翻《ひるがえ》して周吾は頭巾の侍にいった。

頭巾の侍が顎を引いた。頭巾からのぞく両眼が鈍い光を帯びている。すさんだ瞳をしていた。

――いったいどんな暮らしを送れば、こんな目になってしまうのか。とにかくこの男、俺に喧嘩を売ってきおった。

一昨夜、菱田たち三人も同じように肩が当たり、頭巾の侍にいちゃもんをつけられたといっていた。

「一昨夜、俺の仲間をやったのもきさまだな」

周吾は腹に力を込めていった。

「なんだ、きさま。わしにいいがかりをつける気か」

どこの訛りだろうか、と周吾は冷静に考えた。どこかで耳にしたことがあるのはまちがいないが、わからない。

——いったいどこで聞いたのか。

思い出せないのが、身をよじりたくなるほどじれったい。

——思い出せぬのは、酒のせいか。

酒を飲むと、確かに頭に霧がかかったようになることが多い。酒をやめてしまえば、そんなことはなくなり、すんなりと思い出せるようになるのだろうか。

——剣の腕も上がるだろうか。

「いいがかりをつけているのは、そっちだろうが」

周吾はいい返した。

「ほう、よく吼《ほ》えるな。まるで子犬のようではないか」

頭巾の中の目から鈍い光が消え、代わりに虫をいたぶるような残忍さが宿る。頭巾の侍から殺気が発せられ、周吾の体を包み込む。

さすがに周吾はぎくりとした。

——こやつは、もしかしたらものすごい遣い手なのではないか。

周吾は慄然《りつぜん》とし、体がかたくなるのを感じた。

「俺たちが助田屋に入る前、見ていたのもきさまだな」

それでも必死に声を励まして周吾はいった。

「そうだとしたら、どうする」

「捕まえてやる。きさま、秀士館にうらみでもあるのか」

叫ぶようにいって、周吾はいつでも刀を引き抜けるように身構えた。

「ほう、まことにやる気か」

凄みのある声で頭巾の侍がいった。

「よい度胸だ。震えておるのかと思ったが……。やる気なら、よし、相手になってやる」

「やるに決まっておろうっ」

頭巾の侍に向かって周吾は吼えた。

「三人の仇を討ってやる」

「ふん、きさまの腕前では、あえなく返り討ちというのが落ちだぞ」

嘲《あざけ》るように頭巾の侍がいった。

「一昨夜の三人同様、きさまも叩きのめしてやる」

——こんなやつにやられてなるものか。

「この野郎っ」

叫びざま周吾は、頭巾の侍に飛びかかっていった。刀を抜く気は、端《はな》からない。頭巾の侍を捕らえ、なにゆえ秀士館の門人を標的にするのか、吐かせなければならない。

周吾は、げんこつで頭巾の侍の顎を狙った。だが、拳はむなしく風を切る音を立てただけだ。

逆に周吾は、腹に強烈な衝撃を受けた。どす、という音の直後、息が詰まり、さっき食べたものを吐き出しそうになった。

周吾は、くずおれそうになるのをなんとかこらえた。腹の中のものをもどすこともない。

頭巾の侍は目の前に立ち、周吾を見据えていた。馬鹿にしたような目をしている。

その目を見た周吾の戦意の炎が、再びめらめらと燃え上がった。

「きさまっ」

またも周吾は躍りかかっていった。頭巾の侍の顔を殴りつけようとした。

だが、またしても手応えはなかった。

がつっ、と音が響き、今度は周吾の顎に鋭い痛みが走った。

夜にもかかわらず、周吾は目の前がまるで霧の中にでもいるかのように真っ白になった。頭巾の侍の姿も、視界から消え失せている。

がくがくと膝が動いているのを、周吾は感じた。今にもばたりと前のめりに倒れそうだが、奥歯を嚙み締めて耐えた。周吾は感じた。

——これは、素手では相手にならぬ。

まだ目の前は真っ白のままだったものの、周吾は刀の柄《つか》に手をかけ、すらりと抜いた。

それと同時に視界を覆っていた霧が晴れた。頭巾の侍は今も周吾の眼前に立ち、こちらを冷ややかに見ている。

どうりゃあ。自らの気持ちを奮い立たせるために大仰《おおぎょう》なまでの気合を込めて、周吾は頭巾の侍に斬りかかっていった。

命を取る気はない。頭巾の侍の左足を斬り、まずは動けなくするつもりだった。その上で捕らえてやるのだ。

だが、周吾の斬撃《ざんげき》はあっさりと空を切った。周吾はあわてて刀を引き戻そうとしたが、その前に首筋に強い打撃を感じた。

どうやら頭巾の侍は横に回り込んだようで、周吾に手刀《てがたな》を見舞ってきたらしい。痛みはさしてなかったが、周吾の目の前がまたしても真っ白になった。

なにか眠りに落ちる寸前のように意識が遠のいていく。その直後、どさり、という音を聞いた。

どうやら、と周吾は思った。

――俺は地面に倒れたようだ。

頭を踏みにじられるのではないかという恐怖がわき上がり、周吾は立ち上がろうとしてもがいた。

だが、体は思い通りに動かない。

ふと気づくと、頭巾の侍の両足が目に映り込んでいた。周吾のかたわらに立ち、身じろぎせずに見下ろしているようだ。

――それにしても、この男、恐ろしいほど強い……。いったい何者だろう。早三郎は大丈夫なのか。

どうやら頭巾の侍は、酔いつぶれている早三郎に手出しするつもりはないようだ。

「湯瀬直之進によろしくいっておけ」

頭巾の侍が唾を吐くようにいった。

——今こやつは湯瀬直之進といったのか。

周吾は首を曲げ、頭巾の侍を見上げた。

訛りのせいで、はっきり聞き取れなかったが、頭巾の侍が湯瀬直之進と口にしたのだけはまちがいなかった。

そういえば、と周吾は思い出した。一昨夜も同じように頭巾の侍は捨《す》て台詞《ぜりふ》を吐いていったらしい。

だが、菱田たち三人はその言葉をろくに聞き取れなかったという。

きっとそのときも、と周吾は思った。

——湯瀬師範代のことをいったに相違なかろう。つまりこの男は湯瀬師範代にうらみを抱いているのか。

そのために、秀士館の門人たちを意趣《いしゅ》晴らしに襲っているのか。

きっとそうにちがいない、と徐々に薄れゆく意識の中で周吾は確信した。

——湯瀬師範代は正邪をわきまえたお方だ。秀士館の門人というだけで手ひどく痛めつける者が逆恨みしているに決まっている……。

周吾が思案したのはそこまでで、意識の綱はぶつりと音を立てて切れた。

五

朝餉《あさげ》のあとの茶を喫しようとして湯瀬直之進は、布で吊ってあることを忘れて左腕を伸ばした。

いきなり、ずきん、と左腕に痛みが走り、顔をしかめた。

——まだ治らぬか。

このところずっと雄哲の手当を受けているのだが、天下の名医をもってしても、骨折した左腕は、いまだによくならない。快方に向かっている気がしない。沼里で負った右腕の傷は、ようやく治った。だが左腕の治りは右腕同様、ひどく遅い。

普段は温厚な直之進だが、さすがこの治りの遅さに苛立《いらだ》ちを覚える。

しかし、こんなところで腹を立てても仕方がない。

直之進は右手を伸ばし、湯飲みをつかんだ。静かに茶を喫すると、ほのかな甘みと苦みが口中に広がり、気持ちが落ち着いてきたのを感じた。

——ふむ、まるで薬効があるかのようだな。

実際に、唐土《もろこし》からこの国に入ってきてしばらくのあいだ、茶は薬として用いられていたと雄哲に聞いたことがある。雄哲によれば、茶を毎日飲み続ければ必ずや体の具合がよくなるそうだ。

さもありなんという気がする。これだけ気持ちが落ち着くのであれば、確実に体調にも影響してくるだろう。

茶を飲み干した直之進は、湯飲みを膳に戻した。

——よし、もう少し腹がこなれたら、道場に行くとするか。

朝餉の後、こうしてのんびりできるのは実にありがたい。

職場と住居が近接しているのは、やはり素晴らしいとしかいいようがない。音《おと》羽町《わちょう》に居を構えている佐之助はもうとっくに家を出ただろう。

——そういえば、家移《やうつ》りについて琢ノ介はなにもいってこぬが、まだ物件を探しているのだろうか。

きっと探しているはずだ。琢ノ介が姿を見せないのは、これぞ、という物件が見つかっていないからではないか。

それとも、見つけたはよいが、仕事があまりに忙しいせいで、秀士館まで来るだけのいとまがないか。

そのどちらかだろう。

ふと、廊下をこちらにやってくる足音が直之進の耳に届いた。洗濯物を干しに出ていたおきくが戻ってきたようだ。

「あなたさま」

おきくの声がかかり、からりと居間の障子が開いた。

「うむ、なにかな」

顔を向け、直之進はおきくにたずねた。

「使いで宇田吉《うたきち》さんがいらっしゃいました」

「えっ、宇田吉が……」

「はい。佐賀《さが》さまの伝言を残して、もう帰られました」

宇多吉は、秀士館の門番をつとめている。何人かいる門番の中で、最も年かさの男である。大左衛門《だいざえもん》の家は門近くに建っているから、宇多吉たちが秀士館内での使いを大左衛門に頼まれるのは、珍しいことではない。

「それで、館長の伝言というのは」

「朝早くに申し訳ないがご足労願いたい、とのことです」

館長がこんなに朝早くからどんな用なのか、と直之進は思った。

思い当たる節はない。

「わかった、すぐに行こう」

そばに置いておいた愛刀を手に、すっくと立ち上がった直之進は居間を出た。

廊下に端座しているおきくの背中には、せがれの直太郎《なおたろう》がおぶわれている。いつものように、ぐっすりと眠っている。

足を止めた直之進は、直太郎の頭にそっと手を当てた。

じんわりとした温かみを感じる。その熱は、こんなに小さな体にも紛《まご》う方《かた》なく命が宿っていることを、直之進に伝えてくる。

——それにしても、よく眠っているな。うらやましいぞ。

こうまで深い眠りは、長じてから滅多にないような気がする。もしこんなふうに人に触れられたら、直之進は飛び起きてしまうだろう。それが習い性になっている。

——それも仕方あるまい。俺は長いこと、用心棒が生業《なりわい》だったのだからな。

用心棒稼業をしているときは、熟睡は敵でしかなかった。

愛刀を手に持って直之進は廊下を進んだ。おきくがあとをついてくる。

直之進は式台に下り、三和土の雪駄を履いた。腰に愛刀を差し込む。

式台に座しているおきくに、直之進は向き直った。妻の目をじっと見ていると、いとおしさが心の底からあふれてくる。直之進を見返すおきくの目にも、情愛の思いが強くあらわれている。そのことを、直之進は強く感じ取った。

「では、行ってまいる」

おきくに告げ、直之進は袴の裾を翻した。玄関を出る。

秀士館の広大な敷地に建つさまざまな建物が視界に入ってきた。

そのうちの一つが大左衛門の屋敷である。直之進は足早に歩き出した。

いつもの八畳の客間に通された直之進の前に、茶が供《きょう》された。

直之進は遠慮なくいただくことにした。右手を伸ばす。

大左衛門が出す茶だけあって、やはりうまい。とろりとした甘みが濃く、苦みがすっきりしている。

湯瀬家の茶もおいしいと思うが、大左衛門の茶は格別に上等な味がする。

茶を飲み干した直之進は、湯飲みを茶托に戻した。

目の前に床《とこ》の間《ま》があるが、そこに置かれた刀架《とうか》に一振りの木刀がかかっている。

ただし、かなり大きい。ふつうの木刀の倍の長さと太さがあるのではないか。しかもかなり新しい木刀のようだ。一度も使われたような形跡はない。

この木刀はなんだろう、と直之進は首をひねった。

――なにか由緒《ゆいしょ》正しい木刀なのだろうか。

直之進がじっとその木刀に目を据えていると、部屋の外に人の気配が立った。

「失礼いたす」

襖《ふすま》が横にするすると滑っていき、大左衛門が顔を見せた。一礼して敷居を越え、直之進の前に端座する。

「湯瀬師範代、朝早くからお呼び立てして、まことに申し訳ない」

大左衛門が丁寧に頭を下げてきた。

「いえ、とんでもない。館長、どうか、お顔を上げてください」

腰を浮かせ、直之進はあわてていった。

にこりとして大左衛門が面を上げ、直之進をじっと見てくる。

本題に入るのだな、と直之進は察した。

軽く顎を引いて、大左衛門が口を開く。

「湯瀬師範代、実は昨晩、お耳に入れたき事件が起きましてな」

真剣な表情で、大左衛門が語り出した。

大左衛門の口元を見つめ、直之進は身じろぎすることなく聞き入った。

石脇周吾と北潟早三郎の二人の身に昨夜出来《しゅったい》した一件を聞き終えた直之進は、ふむう、とうなり、眉根を寄せた。

「石脇は無事なのですか」

直之進は、周吾の安否がまず気にかかった。

「大丈夫でござる。頭巾の侍に腹と顎をこっぴどく殴られ、首筋も手刀でしたたか打たれたようでござるが、命には別状ござらぬ。骨が折れたということもないようだ」

「いま石脇はどうしていますか」

「自分の屋敷で養生しておる。なので、今日の稽古は休みでござるな」

「やられたのは、石脇だけですか」

「幸いにも、石脇どのと一緒にいた北潟早三郎どのはなにもされず、まったくの無傷でござるよ」

そのことに直之進はほっとした。

「北潟が酔っていたから、下手人は見逃したのでしょうか」

なにしろ早三郎は酒好きだ。秀士館の門人の中でも一、二を争うほどではないか。

「わしはそうだと考えておる。酔った者をいたぶっても、楽しくはないゆえ」

いたぶるか、と直之進は思った。

「その場を去る際に下手人がそれがしの名を出したのは、まちがいないのですね」

「まちがいないようでござる」

大左衛門が深く顎を引いた。

「夜明け頃に、道で気を失っていた石脇どのと眠っていた北潟どのを日暮里の自身番の小者《こもの》が見つけ、自身番に連れていってくれたのでござる。その後、目を覚ました石脇どのがこちらにつなぎをよこしたので、わしは日暮里の自身番まで行き、石脇どのの話をきいてまいったのでござる」

そういうことか、と直之進は思った。

――周吾が頭巾の侍の言葉を聞いたのだな。ならばまちがいあるまい。

「湯瀬師範代、その頭巾の侍に心当たりがござるか」

「頭巾の侍については、今のところ心当たりはありませぬ。しかし正直に申せば、何者かに狙われる心当たりはあるとしか……」

唇を噛み締めて直之進は答えた。

「それがしは、これまでさまざまな者にうらみを買っておりますので……」

「なるほど」

直之進を見て大左衛門がうなずく。

「湯瀬師範代もご承知かと思うが、三日前の晩にも……この近くで我が秀士館の門人三人が頭巾の侍に絡まれ、半殺しの目に遭わされたことがござった。どうやら頭巾の侍はそのときも去り際に、湯瀬師範代のことを口にしたようにござる。訛りがひどく、襲われた者らは、しかと聞き取れなかったようだが……」

それを聞いて直之進は顔をしかめた。

——俺のせいで、全部で四人の門人がこっぴどい目に遭わされたことになるのか……。

いったい何者が門人を襲っているのか、直之進には見当がつかない。

しかし、このまま放っておけるはずもない。直之進は面を上げた。

「それがしが、その頭巾の侍を退治いたします」

強い決意を胸に直之進はいった。

「その侍の誂りがどこのものかわかっているのですか」

「それがわからぬのだ」

「さようですか」

「だがな、湯瀬どの。その侍を退治する前に、お願いしたいことがござるのだ」

えっ、と直之進は目をみはった。

「お願いとはなんでございましょう」

「朝早くからお呼び立てしたのは、こちらが本題でござってな」

「はい」

直之進は居住《いず》まいを正した。

「これでござる」

いうや背後を振り向いた大左衛門は、床の間の刀架に手を伸ばした。

刀架にかかっている太くて長い木刀を手に取り、直之進に向き直った。

「――これは奉納用の木刀でござる」

「奉納ですか。どちらに奉納なさるのですか」

「阿夫利神社でござる。この木刀は、手前が特別に注文したものでござるよ」

阿夫利神社といえば、と直之進は思い出した。相模国伊勢原の大山にある神社のことであろう。

「木刀の奉納ですか」

さよう、納《おさめ》太刀《だち》でござると大左衛門がいった。

「鎌倉《かまくら》の昔、源《みなもとの》頼朝《よりとも》公が阿夫利神社に刀を奉納された故事にちなみ、庶民のあいだで木刀を阿夫利神社に奉納する習わしがござってな」

多くの者が競うように大山詣をしているのは知っていたが、直之進は木刀奉納については初耳である。

「ほう、そのようなことがあるのですか」

うむ、と大左衛門が首肯《しゅこう》した。

「倉田師範代のおかげで、我が秀士館には上さまより下賜《かし》された徳川家伝来の太刀がござる。これを秀士館の守り刀にするゆえ、その代わりにこの木刀を阿夫利神社に奉納するのでござるよ」

「よくわかりました」

「阿夫利神社への木刀の奉納は、武運長久を願うものでござる。秀士館のさらなる興隆《こうりゅう》のために神さまに頼るというのも、とても大切だと思える」

「神さまは、大いなる力を持っていらっしゃいます。守り刀の代わりに木刀を納めるというのは、素晴らしいお考えだと思います」

「湯瀬師範代も賛同してくださるか」

「もちろんです」

大左衛門がにこりとした。

「そこで、この木刀を奉納するため、湯瀬師範代に阿夫利神社へ行ってもらいたいのでござる」

えっ、と直之進は声を漏らした。

「それがしが、大山の阿夫利神社に行くのですか」

直之進は戸惑いを隠さずに問うた。

「さようにござる。湯瀬師範代に、この木刀を阿夫利神社に奉納してもらわねばならぬ」

大左衛門が手のうちの木刀をいとおしげにさすった。

「あの、館長、門人らが襲われているのにですか」

「さようでござる。川藤師範にも倉田師範代にも、すでに話はつけてござる」

「そうですか」

すでに佐之助たちへの根回しも済んでいるということだ。

「湯瀬師範代、どうせ行くのであれば、できるだけ早く出立《しゅったつ》するほうがよかろうな。できれば明日だ」

「えっ、明日ですか……」

さすがにそれは急すぎるような気がする。

「湯瀬師範代、明日では都合が悪いかな」

大左衛門にいわれて、直之進は考えてみた。

「いえ、そういうこともないのですが……」

どうせ道場に出たところで、骨折した左腕の治りが遅いせいで、門人たちとの稽古もろくにできていないのだ。

「急なことで湯瀬師範代が戸惑うのもわかるが、わしが急がせるのには訳がござってな」

「とおっしゃると」

「これでござる」

袂《たもと》から、大左衛門が一枚の書状らしきものを取り出した。

「実は大山詣は、六月二十七日から七月十七日までのあいだと決まっておるのでござる」

　今日はもう九月末である。参詣の期日はとっくに過ぎている。

「この書状は、わしが公儀の要人に無理をいって、もらったものでござる。この書状があれば、阿夫利神社の本社に入れてもらえることになっておる」

「本社ですか」

「阿夫利神社の本社は、大山の山頂にござる」

　阿夫利神社が大山に鎮座していることはむろん知っていたが、山頂にあるとは初めて知った。

「ただし、この書状は十月七日までと期日が切られておる。そのために、急がねばならぬのでござる」

　そういうことか、と直之進は納得した。

「江戸から大山まで、道のりにすれば十八里は優にあろう。夜明け前に江戸を発《た》つにしろ、一日で大山に着くのは、まず無理でござろう。途中、どこかの宿場で一泊したのち、翌日の午前に大山詣ということになろうな」

　そういえば、と直之進は思い出した。小日向東古川町に住んでいた頃、同じ長屋の桶《おけ》職人が大山詣に行ったことがある。

その職人は大山に行く途中、江戸から十里ほど先にある下鶴間宿《しもつるましゅく》に泊まったといっていた。

「それから湯瀬師範代、大山に詣でたあとの泊まりは、中川《なかがわ》温泉がよかろうの」

「中川温泉ですか」

聞いたことのない温泉だ。どこにあるのだろう、と直之進は心中で首をかしげた。

「中川温泉は、大山の近くにあるのですか」

「いや、決して近くはない。大山から西に十里ほど行った山中にあると聞いておる」

「えっ、十里西の山中ですか」

けっこうあるのだな、と直之進は思った。

「大山からまっすぐ西へ行けば四里ほどらしいが、そこは山中ゆえ道らしい道がなく、とてもまっすぐは行けぬそうだ。中川温泉に行くのに大きく迂回《うかい》せねばならぬゆえ、十里ほど歩くことになってしまうらしい」

「さようですか」

直之進はうなずくことしかできない。

「中川温泉は、武田信玄《たけだしんげん》公の隠し湯といわれているそうでござるよ」

不意に大左衛門が、軍記物《ぐんきもの》好きの直之進の関心を引くようなことを口にした。

「えっ、信玄公の……」

まさかいきなり戦国の武将の名が出てくるとは思わず、直之進は大左衛門を見つめた。

「信玄公ということは、中川温泉は甲斐国《かいのくに》にあるのですか」

「いや、相模国のはずでござる」

「相模国にあるというのに、なにゆえ信玄公の隠し湯なのでしょう。戦国の昔、相模国は北条《ほうじょう》家の領国だったはずですが……」

どうでもよいことかもしれないが、直之進は気にかかった。そういうことは、ほったらかしにできない性分である。

「相模国といっても、中川温泉が甲斐国との国境近くにあるのは、まずまちがいなかろう。相模国で北条家の軍勢と戦って甲斐に引き上げる途中、傷を癒やすために兵たちを中川の湯に浸《つ》からせたのかもしれぬ。それが、信玄公の隠し湯として後世に知られるようになった。おそらくそんなところでござろうよ」

「それならよくわかります」

大左衛門の説明を聞いて直之進は納得した。

間を置くことなく大左衛門が言葉を続ける。

「武田家の傷兵が浸かったという故事からもわかるように、中川温泉は昔から傷によく効く湯として名高いそうでござる。湯瀬師範代には、木刀の奉納かたがた是が非でも中川温泉に行ってもらいたいのだ。旅の費えは、わしが出すのでな」

「いや、しかしそれでは……」

「湯瀬師範代には、無理をいって阿夫利神社に代参願うのだ。すべての費えはわしにお任せあれ」

それでも、旅の費用を大左衛門にすべて持ってもらうわけにはいかないような気がした。抗弁しようとして、しかし、直之進はとどまった。

これはきっと館長の親心なのだな、と覚《さと》ったからだ。

――雄哲先生の手当を受けているにもかかわらず、左腕がなかなか治らず、俺が焦っていることを見抜いておられるのだろう。温泉に浸かり、気分を変えれば左腕の治りも早くなるのではないかと、思っておられるのかもしれぬ。

その上、わざわざ時季外れの大山詣の許しを得る書状まで、公儀の要人に掛け合ってくれたのである。

ここは、ありがたく館長の心遣いに甘えるべきではないか。

それに、と直之進は続けて思った。

――我が秀士館の門人たちを襲っている何者かも、旅に出た俺の後を追ってくるはずだ。さすれば、門人たちが襲われることもなくなるのではないか。

一石二鳥ではないか、と直之進は思った。

「おっ、湯瀬師範代、行く気になったかな」

直之進の顔を見て、大左衛門が目を輝かせる。

「はい、その気になりました」

直之進は、はっきりと答えた。

「それはよかった」

ふう、と軽く息をついて大左衛門が袂から包みを取り出した。

「これを湯瀬師範代に渡しておく」

見ると、大左衛門の手のひらにのっているのは巾着《きんちゃく》だった。

「この巾着には、使いやすいように小銭で五両、入っておる。これだけあれば、大山や中川温泉まで行って帰ってくるのに、十分であろう」

大山への往きは、江戸から十里先の下鶴間宿でまず一泊する。

翌日は、下鶴間宿から八里ほど先の阿夫利神社に参詣し、木刀を奉納する。中川温泉に向かうが、大山から十里もある山中では、その日のうちに着くのはまず無理だろう。

ならば、大山道の先にある松田惣領宿《まつだそうりようしゆく》あたりに泊まることになろうか。松田惣領宿から中川温泉までどのくらいあるかわからないが、四、五里ほどではないかという気がする。

翌朝早く松田惣領宿を出立し、中川温泉に投宿する。つまり、往きだけで三泊しなければならない。

次は帰りである。翌日の早朝に中川温泉を出立すれば、往きに泊まる下鶴間宿まで達することができるだろうか。

中川温泉から下鶴間宿までおそらく十五里ほどはあるだろうが、途中どこにも寄る予定はない。夜遅くに到着するつもりで出立すれば、なんとか下鶴間宿まで行けるのではないか。

下鶴間宿まで行ってしまえば、そこから江戸へは十里である。一日で着くことができるはずだ。

かなりきつい旅程ではあるが、全部で四泊五日の旅になる。

そのさして長いとはいえない旅に五両の費用など、いくらなんでも贅沢すぎるのではないか。大左衛門は気前がよすぎるようだ。

余った金は館長に返せば済むことだな、と直之進は気楽に考えることにした。

──それにしても佐賀館長は用意周到だ。

直之進は瞠目《どうもく》するしかない。

──阿夫利神社への奉納用の木刀も特別にあつらえたもののようだ。頼んですぐにできる代物《しろもの》ではなかろう。館長は俺の腕の回復が長引くとみて、湯治を思い立った。だが、湯治に行けといわれて、はいそうですかと俺が承知するわけがないゆえ、納太刀を思いついたに違いない。

その気遣いがしみたが、またもいつもの疑問が直之進の心のひだを這い上がってきた。

佐賀大左衛門という男は広大な秀士館の土地を手に入れ、さらに莫大な建築費も工面したのである。

──佐賀大左衛門というお方は、いったいどこから金を得ているのだろう。

しかし、そのことをあからさまにきくのはさすがに憚られた。

「ああ、もし湯瀬師範代がその気なら、おきくさんと直太郎どのも連れていくがよかろう」

不意にそんなことを大左衛門がいった。

「いえ、何者かがそれがしに狙いをつけている以上、それはできませぬ」

大左衛門が頭を軽く叩いた。

「ああ、そうであったな」

「それがしが江戸を離れることで、門人たちが襲われることは、まずなくなりましょう」

「その通りにござる」

大左衛門が相づちを打った。

「門人たちを襲った頭巾の侍が、大山に向かう湯瀬師範代のあとを必ずついていくでしょうな。しかし湯瀬師範代、何者かに狙われているとして、一人で大山まで行くのは、大丈夫でござるか」

大左衛門が案じ顔できく。

「大丈夫です」

自信たっぷりに直之進は答えた。

「これまでに何度も危地《きち》は乗り越えてきております」

「場数を踏んでおるものな」

合点《がてん》がいったような声で大左衛門がいう。

「まあ、考えるまでもなく湯瀬師範代は、この日《ひ》の本《もと》の国で二番目に強い男でござる。いや、室谷半兵衛《むろたにはんべえ》亡きあと、一番に強いといってよいのではないかな」

「いえ、一番ということは、まずあり得ませぬ。それがしより強い者はいくらでもおりましょう。とにかく、それがしは頭巾の侍とやらを誘《おび》き出す囮《おとり》になります。むしろ一人で行くほうがよろしいかと」

まさか倉田佐之助を用心棒として連れていくわけにもいかない。そんなことをすれば、道場での稽古に支障が出る。

「――ああ、湯瀬師範代。大山に行く前に、必ず両国《りようごく》の大川《おおかわ》で水垢離《みずごり》をしていくようにな」

これにも直之進は驚いた。

「大川で水垢離ですか」

水垢離とは、神仏に祈願する前に水を浴びて穢《けが》れを取り除き、心身を清らかにすることをいう。

「大山詣に行く前は、必ずそうすることに決まっておるようなのだ。大山詣の期日が六月二十七日から七月十七日に限られておるのは、ひょっとすると、大川での水垢離が苦にならぬからではないかな」

「ああ、そうかもしれませぬ。その時季ならば、暑気払いとして水垢離はむしろ心楽しいことのように思えます。しかし、この時季の水垢離というのは、正直ぞっとしませぬ」

苦笑交じりに直之進はいった。

「しかし仕来《しきた》りゆえ、湯瀬師範代、必ず大川に行ってくだされや」

「承知いたしました。明日の早朝、さっそく大川にまいります」

直之進は大左衛門から水垢離の手順や作法を教わった。

これで大左衛門の用件は済んだようだ。

木刀を受け取った直之進は大左衛門の前を辞し、午前の稽古がはじまる前に、おきくと直太郎の待つ家に戻った。

家に上がると、おきくは居間で、直太郎に乳をあげているところだった。

ただいま戻った、といって直之進は居間の刀架に木刀をかけ、愛刀は手に持って、おきくの前に座した。愛刀を畳に置く。

直太郎は直之進のほうをちらりとも向かず、無心に乳を吸っている。

その吸い方は、生命というものの力強さを直之進に感じさせた。

「そんなに強く吸われて、痛くはないのか」

直之進はおきくにきいた。

「この子はときおり乳首を噛むときがあるのですが、そのときは跳び上がるほどに痛いのですよ」

それでも、おきくは幸せそうに笑っている。

ほほえむおきくの顔を見て直之進は、ああ、きれいだな、と思った。

「あなたさま、ところでその大きな木刀はなんでございますか。まさか稽古に使うのではないでしょうね」

「ああ、そうだった」

おきくにいわれ、大山詣のことを思い出した直之進は背筋を伸ばした。

「おきく、急な話で申し訳ないが、明日、俺は大山に行くことになった」

「えっ、大山ですか、相模国の。明日……」

さすがにおきくも驚いている。その声にびっくりしたのか、直太郎が乳を吸うのをやめ、おきくの顔をじっと見ている。

「ごめんなさいね、なんでもないのよ」

おきくが優しくいうと、その言葉が通じたかのように直太郎がまたも乳を飲みはじめた。

「言葉がわかっているようだな」

素直に直之進は感心した。

「ええ、わかっていると思います。こうして赤子も人の言葉を覚えていくのでございましょう。まだしゃべれませんけど」

「できるだけ話しかけてやるのがよいのだろうな」

「猫も犬も、話しかけてやることで言葉を覚えていくそうですから。これはおとっつぁんがいっていたのですが」

「そうか、舅《しゅうと》どのがそのようなことをな……」

米田屋の先代の光右衛門である。亡くなって二年半が経つが、いまだに直之進は会いたくてたまらなくなることがある。光右衛門のことを考えると、つい涙が出てくる。

「それであなたさま、なぜ大山に急に行くことになったのですか」

うむ、とうなずいた直之進は、どういういきさつで行くことになったか、おきくに説明した。

「というわけだ。おきくには申し訳ないが、大山には一人で行ってくる」

「わかりました。その木刀は、阿夫利神社に奉納するためのものだったのですね」

直之進を見つめ、おきくが形のよい顎を引いた。

「あなたさま、五日も留守にするのですから、門人を何人も襲った下手人は必ず捕らえてくださいね」

「うむ、わかっている」

おきくにいわれるまでもなく、直之進はなんとしても引っ捕らえてやるという思いで一杯である。

なにゆえ、秀士館の門人たちを襲っているのか。

――俺に対するいやがらせ、意趣返しの類《たぐい》なのか。

きっとそうにちがいない。

――ならば、最後はこの俺に牙をむいてくるであろう。

とにかく、と直之進は思った。下手人を捕らえて吐かせれば、すべては明らかになるのだ。

――中川温泉までの道中で、必ずとっ捕まえてやる。

直之進は強い決意を胸に刻んだ。

第二章

一

午後の稽古が終わりを告げた。

よい汗をかいたな、と竹刀の刀尖《とうせん》を下に向けて倉田佐之助は思った。今日も、よい指導ができたのではないか。

門人たちの充実した表情が、そのことを物語っているような気がする。無事に稽古が済んだということは、あとは着替えをして、千勢《ちせ》とお咲希《さき》の待つ家に帰るだけである。

全員で神棚の前に整列し、稽古が無事に終わったことに感謝を告げる。

左腕の治りが思わしくなく、見所《けんぞ》で稽古を眺めているだけだった直之進も、どこかほっとしたような顔で佐之助の横に並んだ。

神前への祈りが終わると、師範の川藤仁埜丞《じんのじょう》が、各々方《おのおのがた》、と力強くいった。すぐに門人たちのほうに振り向いて言葉を続ける。

「今日の稽古がはじまる前にもいったが、三日前の夜、そして昨夜《ゆうべ》と、我が秀士館の門人五人が飲み屋の帰りに立て続けに頭巾をかぶった侍に襲われ、そのうち四人が怪我を負わされた。また同じことが起きるのは防ぎたい。それゆえ、下手人が捕まるまで、飲みに行くことを禁ずる」

それを聞いた門人たちから、改めてため息が漏れた。

直之進はうつむき加減で、申し訳なさそうな顔をしている。自分のせいで皆の楽しみを奪うことになって済まぬ、との思いで一杯なのだろう。

しかし悪いのはきさまではないぞ、と佐之助は直之進の横顔に心中で語りかけた。

——悪いのは門人を襲っている頭巾の侍だ。きさまに罪はない。

なおも仁埜丞が門人たちに告げる。

「もしこの禁を破る者があれば、我が秀士館を破門とする。これはわしの独断で申しているわけではない。こちらにいらっしゃる佐賀館長も同じお考えである。破門も辞さずとの覚悟があれば、別に酒を飲んでも構わぬ」

「店でなく、家で飲むのは構わぬのですか」

門人の一人が仁埜丞にきいた。

「それはよかろう。その後、飲み足りぬからと外に飲みに出てはならぬぞ」

「はい、わかりました」

「ほかに質問がある者はおるか」

手を挙げる者は一人もいなかった。

「よし、これにて解散」

にこりとして仁埜丞が門人たちにいった。

門人たちが散りはじめる。その場で着替えをはじめる者も少なくない。

佐之助は師範代専用の納戸《なんど》に向かった。後ろを直之進がついてくる。

直之進は今日も稽古に加わらなかったために、平服のままである。

このあいだ佐之助と門人たちで、直之進の御上覧試合での活躍を祝して藍色の稽古着二着を進呈したが、直之進がそれを着て道場に姿をあらわしたことは、まだ一度もない。

――俺は早く見たいのだがな……。門人たちも同じ気持ちだろう。

「湯瀬、きさまも納戸に行くのか」

振り向いて佐之助はきいた。

「ああ、おぬしにちと話があるのだ」

多分、と佐之助はすぐに覚った。館長によれば、明日、湯瀬は出立するということであったな。

——大山詣のことであろう。

納戸の戸を開け、佐之助は中に入った。続いて足を踏み入れた直之進が板戸を閉めた。

「倉田、着替えながら聞いてくれ」

直之進にいわれ、佐之助は遠慮なく着替えをはじめた。

「話というのは明日からのことだな」

着物の袖に腕を通して、佐之助は直之進にたずねた。

「そうだ」

うなずいた直之進が大山詣のことを話す。

「うむ、その話は館長からうかがっておる」

袴を穿《は》いて佐之助は直之進に笑いかけた。

「俺も中川温泉というのは初めて聞いたが、とにかく湯治というのはよいことではないか。一泊では湯治とはいえぬが、武田信玄公の隠し湯ともなれば、きさまの左腕に効くかもしれぬ」

「そうであってほしいのだが……」

「やはり左腕はおもわしくないか」

着替えを終えた佐之助は直之進にきいた。ああ、と直之進がいった。

「雄哲先生の手当のおかげで確実によくなってきているのはわかるのだが、川越で忍びと戦ったときに、無理をして左腕を使ったのがいけなかったのだろう」

「ああ、それはあるかもしれぬ」

徳験丸《とくげんがん》という南蛮渡りの秘薬を、雄哲と助手の一之輔がいる川越松平家の城《じょう》代家老《だいがろう》の屋敷に届けたとき、直之進は手練《てだれ》の川越忍びと戦ったのである。

そのとき右手一本だけでは敵を倒すことが叶わず、直之進は折れていた左腕も使って刀を振るったのだ。

そのとき無理をしたのが、一月ばかりたった今も尾を引いているのである。

「とにかく、館長の言葉に甘えて湯治に行ってこい。もし中川温泉が左腕に効きそうだと感じたら、何日逗留《とうりゅう》しても構わぬぞ。道場は俺と師範に任せておけ。それに、十郎左《じゅうろうざ》もおるしな」

品田《しなだ》十郎左は門人の一人だったが、腕と人柄を見込まれて師範代に準ずる者として、今は門人を教える側に回っている。

「何日も逗留していたら、道場で俺の居場所がなくなってしまうのではないか」

「そんなことはあり得ぬ。教える者が三人でも、手は足りぬのだからな」

「ならば、俺はさっさと江戸に戻ってくる」

「それよりもまず左腕を治すのが先決だ。今のままでは道場に顔を出しても、おらぬのと同じではないか」

「確かにその通りだ」

情けなさそうに直之進がうつむく。

「湯瀬、顔を上げろ」

厳しい声で佐之助はいった。

「別にきさまは恥ずべきことをして左腕を折ったわけではないのだからな」

うむ、と面を上げて直之進がいった。

「それで倉田、一つ頼みがあるのだ」

直之進がなにを頼んでくるのか、佐之助には見当がついたが、なにもいわずに直之進の言葉を待った。

「石脇周吾たちを襲った頭巾の侍の狙いは俺だろう。大山詣に向かうとなれば、頭巾の侍は俺のあとをついてくると思う」

「そうだろうな。きさまは自らを囮にして、その頭巾の侍を捕らえるつもりでいるのだろうからな」

直之進が顎を引いた。

「だが、万が一、頭巾の侍が俺を追ってこぬことも考えておかねばならぬ。頭巾の侍はおきくと直太郎を標的にするかもしれぬ」

「その頭巾の侍が心根《こころね》の卑しい男であるのはまちがいないゆえ、きさまの妻子を狙うというのは、十分に考えられる」

「それで頼みというのは――」

「わかった、湯瀬」

直之進の言葉を遮って佐之助はいった。

「きさまが不在にしているあいだ、俺がおきくたちの警護につこう」

「まことか」

「嘘などいわぬ。もしきさまが俺に遠慮して申し出てこなかったら、俺のほうからいうつもりでおった」

「そうだったのか。倉田、感謝する」

直之進が深々と頭を下げてきた。

「きさまの家に泊まり込むわけにはいかぬゆえ、俺は秀士館に泊まり込むことにする」

「そうか、助かる」

安堵の色を面に浮かべて直之進がいった。

「おぬしならば、秀士館全体の気配を知ることができようしな。もしおきくたちを害そうとする者が秀士館に忍び込んだとしても、おぬしが近くにいれば、必ずや阻《はば》んでくれよう」

「うむ、その通りだ。大船に乗ったつもりで旅に出ればよい」

「俺が不在にしているあいだ、おぬしがおきくたちを守ってくれるなら、俺は安心できるが、おぬしにはまことに申し訳ない」

「なに、そんなことはよいのだ。もし逆の立場だったら、俺は遠慮なく千勢やお咲希の警護をきさまに頼むぞ」

「ああ、そうだろうな」

佐之助を見て直之進がうなずいた。

「だが、五日ものあいだ、お咲希ちゃんはおぬしに会えぬ。お咲希ちゃんに申し訳なくてな」

「なに、お咲希はわかってくれるさ」

直之進を見つめ返して佐之助はいいきった。

「そうか。それならよいのだが……」

すでに夕刻になり、納戸に設けられている小さな窓から見えている空は群青《ぐんじょう》色《いろ》になっていた。

「湯瀬、さっさと家に戻れ。明日は早いのだろう。大山詣の前に、大川で水垢離をせねばならぬはずだ」

「ああ、おぬしのいう通りだ」

「しかし、寒くなってきたこの時季に、水垢離とはな……」

「気の毒だといいたげだな」

「ああ、まことに心が痛む」

佐之助が軽口を叩く。

「とにかく行ってくる」

「ああ、頭巾の侍には気をつけることだ」

「よくわかっている」

佐之助に別れを告げ、直之進が納戸を出ていった。

二

雨戸は閉められているが、その隙間から灯りが小さな庭に漏れこぼれているのが見えた。

ほんのりとした柔らかな灯を目の当たりにして、直之進の心は満たされた。

——ああ、俺は一人ではないのだな。

そのことを強く実感した。足を運び、直之進は玄関の戸を開けようとした。

だが、心張《しんば》り棒が支《か》わされているようで、開かなかった。

「おきく」

呼んで、直之進は戸を軽く叩いた。

すぐにおきくがやってきて、戸を開けた。

「お待たせしました。あなたさま、お帰りなさいませ」

「うむ、ただいま戻った。おきく、ちゃんと俺がいった通りにしてあるのだな。

えらいぞ」

直之進は褒めたたえた。はい、とうれしそうにおきくがうなずいた。

「私はできるだけ、あなたさまのお言葉を守って生きていこうと思っていますから」

「実際には、なにも起こらぬかもしれぬが、用心に越したことはないゆえな」

「ええ、よくわかっております」

三和土に足を踏み入れた直之進は戸を閉め、心張り棒を支った。雪駄を脱ぎ、式台に上がる。

今も直太郎はおきくにおんぶされている。乳をもらったばかりなのか、相変わらずぐっすりと眠っている。

直之進は腰から鞘ごと抜き取った刀を、おきくに渡した。短い廊下を歩いて居間に落ち着く。

居間の刀架には例の木刀がかかっている。おきくが、ここに置いてもよろしいですか、と床の間を指さしてきいてきた。

「ああ、もちろん構わぬ」

床の間に刀をそっと置いたおきくが、直之進の前に膝をそろえて座った。

「あなたさま、旅の支度をしておきました。いつでも出立できます」

「かたじけない」

直之進は頭を下げた。にこにこしておきくが直之進を見ている。

「その中川温泉に行けば、あなたさまの左腕の怪我は、きっとよくなりましょう。こたびの大山詣は、そう運命づけられているように私は思います」

なるほど、確かにおきくのいう通りかもしれぬ、と直之進は思った。そのとき玄関のほうに人が立ったらしい気配を覚った。

――まさか頭巾の侍ではあるまいな。

直之進は腰を浮かせたが、すぐにちがうと判断した。玄関の気配には剣呑《けんのん》な感じは一切《いっさい》ないのだ。どこかのんびりしている。

「どうかされましたか」

心配そうにおきくがきいてきた。

「いや、誰か来たようだ」

直之進がおきくに向かっていったとき、頼もう、と野太い声が聞こえた。

「あの声は――」

直之進はつぶやいた。

「ええ、義兄《あに》さまではないでしょうか」

「うむ、まちがいあるまい」

直之進とおきくはそろって玄関に出た。おきくが三和土に下り、心張り棒を外す。

「義兄上さま、お入りください」

おきくが戸を開けると、琢ノ介が顔をのぞかせた。

「なんだ、心張り棒なんぞかまして。戸を開けようとして開かなかったから、わしは驚いたぞ。直之進、またしてもなにかあったのか。相変わらず、嵐を呼ぶ男ぶりを発揮しておるようだな」

「うむ、少々曰《いわ》くがあってな。まあ、琢ノ介、上がってくれ」

「ああ、お邪魔させてもらおう」

琢ノ介が三和土に入ってきた。戸を閉めたおきくが心張り棒を支う。

足を止めた琢ノ介が、おきくをしげしげと見ている。いや、おきくではなく、背中にいる直太郎を見ているのだ。その眼差しには、羨望の色があらわれているように、直之進には感じられた。

――もしや琢ノ介も、血のつながった子がほしいのかな。

直之進は、ちらりとそんなことを思った。

「どうした、琢ノ介」

「ああ、いや、なんでもない」

我に返ったようにいい、琢ノ介が雪駄を脱いで式台に上がった。

居間で直之進は、琢ノ介と相対《あいたい》して座した。

「それで今日はどうした」

直之進は水を向けた。

「済まんな、こんな刻限に邪魔をして。もしや夕餉もまだなのではないか」

「まだだが、別に大丈夫だ。用心棒を生業《なりわい》にしていた頃は、空腹に耐えるのも仕事のうちだったからな」

「確かにそうだった。懐かしいな」

うむ、と直之進はうなずいた。以前は、琢ノ介と一緒に用心棒仕事をこなしたこともある。琢ノ介は粘り強い剣を遣い、背後を任せるのに、これ以上ないほど信頼のおける男だった。

「それでだ、直之進」

身を乗り出して琢ノ介が口を開いた。

「本来であれば昨日、来るつもりでおったのだが、用事が長引いてかなわなんだ」

「ああ、そうだったのか」

「それでだ、直之進。関口水道町に素晴らしい家が見つかったのだ。是非一度、見に来てほしい。明日はどうだ」

勢い込んで琢ノ介がいった。

「明日は駄目だ」

かぶりを振って直之進は答えた。

「なにゆえだ。早く手を打たんと、ほかの者に取られてしまうぞ。わしが関口水道町で見つけた家は、それほどの家だ」

唾を飛ばすように琢ノ介が力説する。

この口ぶりからして相当よい家なのがわかって、直之進は興趣《きょうしゅ》をそそられた。

だが、やはり明日は関口水道町に行くことはできない。

「琢ノ介、明日は都合がつかぬのだ」

「では、明後日はどうだ」

「すまぬが、五日ばかり江戸を離れねばならぬのだ」

「えっ、五日もか。なにゆえだ」

「大山に行かねばならぬ」

塚ノ介の眉がぴくりと動いた。

「大山だと。もしやそれは伊勢原の大山か」

「うむ、その大山だ」

直之進は事の次第を話して、阿夫利神社に奉納する木刀を塚ノ介に指し示した。

塚ノ介が床の間の刀架を見る。

「ほう、そうか。それが奉納用の木刀か……」

塚ノ介がうつむき、なにやら考えはじめた。すぐに面を上げ、直之進を見つめてくる。

「直之進、わしも一緒に連れていってくれ」

「なにっ」

思いもしなかったことで、直之進はさすがに面食らった。

「頼む、直之進、連れていってくれ」

畳に手をつき、塚ノ介が懇願する。

「わしも大山に行きたくてならなかったが、大山詣ができるのは六月二十七日から七月十七日のあいだと聞いて、仕方なく来年まで待つことにしたのだ」

「あきらめたのだな」

「うむ。だが、直之進が木刀を奉納するということは、大山の山頂にある阿夫利神社の本社まで行くということだろう」

「まあ、そうだな」

木刀の奉納は本社でないとならぬ、と大左衛門からいわれている。

「なにゆえ許された期間でないのに、直之進は本社まで行けるのだ」

その理由を直之進は説明した。

「なんと、佐賀どのが手を回して」

「しかし琢ノ介、なにゆえそのようなことをいきなりいい出したのだ。わけをいえ」

直之進は冷静な口調でいった。

「わしも大山に行きたいからだ」

「だから、なにゆえ大山に行きたいのだ」

「それはだな……」

直之進に向かって琢ノ介が委細《いさい》を話す。

「ああ、そうか、子宝祈願か」

やはり、と直之進は思った。

――琢ノ介は、おのれの血を分けた子がほしくてならぬようだな。だから、先ほども直太郎を真剣な目で見ていたのだ。

「琢ノ介の気持ちはよくわかった。だが琢ノ介、出立は明日だぞ。大丈夫か」

「大丈夫だ。なんとかする」

直之進をじっと見て琢ノ介が答えた。

「それで琢ノ介、俺は大山からさらに十里ほど西にある中川温泉という湯治場に足を延ばすつもりだが、そちらも大丈夫か」

「なに、湯治場に泊まるのか」

甲高い声で琢ノ介がいった。

「湯治場というのはよいな。中川温泉という湯治場は初耳だが……」

「俺も初めて知ったのだ。館長が教えてくれたのだが、武田信玄公の隠し湯だそうだ」

「ほう、それはまた傷にはよさそうな湯ではないか。そうか、その中川温泉には骨折した左腕を治しに行くのだな。それにしても、信玄公の隠し湯とは、佐賀どのは相変わらず物知りだな」

「まったくだ。――ああ、そうだ」

直之進は、一つ思い出したことがあった。

「大山に向かう前に、大川で水垢離もしなければならぬぞ。琢ノ介、それも大丈夫か」

「水垢離だって」

琢ノ介が頓狂《とんきょう》な声を上げた。

「なんだ、それは。大川でいつやるのだ」

「やるのは明日の早朝ということになろう」

「だが直之進、大川と一口にいってもかなり広いぞ」

「水垢離の場所は両国橋の東詰《ひがしづめ》らしい」

「そうか、だいぶ冷えるようになってきたこの時季に水垢離をするのか……」

暗い顔になって、琢ノ介がぶるりと体を震わせた。

「直之進、大山詣をする前には必ず水垢離をせねばならんのか」

「どうしてもしなければならぬという決まりはないのだろうが、館長は習わしだとおっしゃっていた」

「習わしか。いったい誰がそんな迷惑なことを考えついたのだろう」

「わからぬが、とにかくそれだけ大山という山が神聖な場所ということなのだろう」

ふむう、と琢ノ介がうなるように鼻から太い息を吐き出した。

「わかった、明日の早朝に両国橋の東詰だな。水垢離ごときに負けていては、我が子は決してできぬ」

決意を露わに琢ノ介がいった。

「よし。ならば琢ノ介、両国橋東詰で明日の明け六つに会おう」

「明け六つだな。承知した」

直之進を見つめて琢ノ介がうなずく。

「しかし直之進——」

いちど唇を引き結んだ琢ノ介が、改めて語りかけてきた。

「関口水道町の家は、あきらめてもらうことになるぞ。わしらが大山に行っているあいだに、買い手はついてしまうだろうからな」

「それは仕方あるまい」

直之進はあっさりと答えた。

「そういうのは、みな縁ゆえな。せっかく琢ノ介が素晴らしい家を見つけてくれたというのに、こうして江戸を離れることになってしまった。残念だがその家とは縁がなかったということだ」

「それはそうかもしれんが……」

あきらめきれないといいたげな顔で、琢ノ介が首を左右に振る。

「もし俺たちが江戸に戻ってきたときに――」

直之進は琢ノ介にいった。

「まだその家が売れていなかったら、それこそ縁があるということになろう。だが琢ノ介、俺はまだ秀士館を引き払って引っ越すともいっておらぬぞ」

「確かにその通りだ。それで直之進、どうなのだ。もしその家が万が一売れ残っていたとして、関口水道町に越す気はあるのか」

「正直わからぬ」

直之進は首を横に振った。

「琢ノ介お薦《すす》めのその家を、俺だけでなくおきくも気に入ったら、考えてもよいが……」

かたわらに端座しているおきくも、深くうなずいている。

琢ノ介、と直之進は声をかけた。

「その家はいくらなのだ。借家ではあるまい」

「むろん借家ではない。売り家で、値は七十両だ」

ずばりと琢ノ介がいった。その額に直之進とおきくは驚いた。

「七十両とは、またかなりのものだな」

知らないうちに腰が浮いていた。

――七十両くらいで驚いてしまうとは、俺も器が小さいな。

軽く息を入れて、直之進は座り直した。

「直之進、おぬし、そのくらいの金なら持っているであろう」

決めつけるように琢ノ介がいった。

「確かにないことはないが……」

風魔《ふうま》忍びの襲撃から将軍を救った際、公儀より下賜された二百両がある。それはほとんど手つかずで残っている。

「七十両といっても、おそらくそこから値引きしてもらえるはずだ。六十両には確実になる」

「六十両か。それでも大金だな」

今のこの家の家賃はただだしな、と直之進はさもしいことを思った。

正直、この先なにが起きるかわからない。直之進としては、それに備えて二百両はできるだけ手をつけずに取っておきたいのだ。

それに直太郎が大きくなるにつれ、いろいろと費えも必要になってくるだろう。

直之進、と琢ノ介が呼びかけてきた。

「仮に家を買うのに六十両を使っても、まだだいぶ残るではないか。わしの計算では、残りの百四十両に日頃の蓄えを合わせて、ざっと百五十五、六両といったところか」

直之進はぎくりとした。

——相変わらず金勘定に関しては、鋭い勘をしておる。まったく油断できぬ男よ。

「やはり図星《ずぼし》だったか」

直之進の表情を見て、琢ノ介がにんまりとする。

直之進は琢ノ介を見つめた。

「しかし琢ノ介、もし六十両で売買が成り立ったとしても、おぬしはがっぽりと口銭《こうせん》を取るのであろう」

「いや、今回はその気はない」

琢ノ介があっさりと否定した。

「もちろん、売り手側からはもらうつもりだがな。つまりこたびのわしは、ただ働きみたいなものだ」

「ほう、ただ働きか。太っ腹だな」

「それだけわしは、おぬしたちに近所に越してきてほしいと強く願っておるのだ」

その気持ちはとてもありがたいが、と直之進は思った。どうすべきなのか、まだ迷わざるを得ない。

今は、大山詣を無事に済ませること以外、頭にない。

三

かなり冷え込んだものの、空には雲一つないようだ。満天の星である。

まだ六つ前であたりは真っ暗だが、もう夜明けは近い。明るくなれば、まさしく日本晴れといってよい空が広がるのではないか。旅立ちにふさわしい朝といってよいな、と直之進は思った。

両国に向かって歩き続けていると、家々の屋根の上の空が少し白んできたのに気づいた。

どこからか鐘の音が響いてくる。

——明け六つの鐘だな。

それから一町ほどを歩いて直之進は足を止めた。目の前を大川が流れている。潮の香りがだいぶ濃くなっている。

両国広小路から両国橋を渡って東詰に着いた。

——琢ノ介はどこにいるのかな。まだ来ておらぬか。

直之進は目で、琢ノ介の姿を探した。

——ああ、いた。

琢ノ介は、大川沿いに設けられた石造りの岸に座り込んでいた。

振り分け荷物を担《かつ》ぎ直して直之進は歩き出し、琢ノ介に近づいていった。

「琢ノ介、おはよう」

直之進は、琢ノ介の後ろ姿に声をかけた。

「おう、直之進、おはよう」

すぐさま琢ノ介が立ち上がり、直之進と相対した。

「琢ノ介、待ったか」

直之進がたずねると、琢ノ介はかぶりを振った。

「いや、わしもいま来たばかりだ」

「そうか。琢ノ介、いい天気になりそうで、よかったな」

「うむ。きっと、わしの日頃の行いがよいからであろう」

「その通りだ」

本心から直之進はいった。まさか直之進が肯定するとは思っていなかったらしく、えっ、と琢ノ介が意外そうな顔をした。

「おぬしは、今は亡き先代光右衛門どのの衣鉢《いはつ》を継ぐ男だ。光右衛門の名に恥じない仕事熱心さで、もはや浪人の頃のようなだらしない漢《おとこ》ではない。士《し》別れて三日なればすなわちさらに刮目《かつもく》して相待《あいたい》すべし、という諺《ことわざ》をまさに地《じ》で行っているからな。天もそのことを認めており、天気にしてくださったのだろうよ」

「士別れて、なんたらかんたら、といったが、直之進、ずいぶんと大仰な物言いだな。しかも意味がわからん」

「意味は……いや、やめておこう。琢ノ介、おぬしを褒めるのはここまでだ。よし、さっそくはじめるぞ」

げっ、と琢ノ介が喉の奥から声を発した。

「もう水垢離をはじめるのか」

「当たり前だ。なんのために朝早く来たと思っている。さっさと水垢離を済ませ、大山を目指さなければならぬのだぞ」

「それはよくわかっているのだが……。日が昇って、少し暖かくなってからのほうがよいのではないか」

「日が昇るのを待っていたら、今日中に下鶴間宿に着けなくなる。四の五のいわず、琢ノ介、さっさと着物を脱げ」

岸壁に設けられた石造りの階段を下り、直之進は水面《みなも》に手が届くところまで来た。

そこで振り分け荷物と木刀を置き、右手だけで直之進は着物を脱いだ。さすがに風が冷たい。

大左衛門から託された五両入りの巾着だけは、紐で首から吊した。もしこれをなくしたり、盗まれたりしたら、大山詣に行けなくなってしまう。

一緒に下りてきた琢ノ介も褌《ふんどし》一つになった。直之進と同じで、巾着を首から吊している。

「ひえー」

風に吹かれた琢ノ介が情けない声を上げた。

直之進は大川の水面に目を投げた。風が吹くと震えるようにさざ波が立ち、いかにも水は冷たそうだ。

「直之進、これに入るのか」

「琢ノ介、覚悟を決めろ」

うう、と琢ノ介がうなる。

「血のつながった子がほしいのだろう。これはその第一歩だ」

その返事を聞いた直之進はしゃがみ込み、右手で水をすくってみた。

「わ、わかった」

思った以上に冷たい。

どうやら水深はそんなにないようだ。足は立つだろう。

——よし、行くぞ。

熱い湯に浸かるようにそろそろと足先から浸していたら、いつまでたっても水に入れる気がせず、直之進は思いきって足から飛び込んだ。どぶん、と水音が立ち、一気に腹のあたりまで水がきた。

うう、とうめき声が出た。全身に力を入れて冷たさに耐える。歯がガタガタと鳴った。石段に置いてある木刀に手を伸ばし、それを水に浸けた。

――これでよいのかな。

よくわからないが、木刀の水垢離はこれで済んだことにしようと、直之進は思った。

「どうだ、直之進、冷たいか」

鳥肌を立てた琢ノ介が石段からきいてきた。

「冷たいに決まっておろう。琢ノ介、さっさと入ってこい」

「わかった、わかった。まったく、相変わらず短気な男よ」

ぶつぶついいながら、琢ノ介が水に足先を浸けた。

「ひょう」

琢ノ介が妙な声を上げた。その直後、一陣《いちじん》の風が吹き寄せてきた。

「ままよ」

冷たい風に押されたかのように、琢ノ介が直之進と同様に足から飛び込んできた。

どぶん、と派手な水柱《みずばしら》が立った。

「ひゃあ」

悲鳴を発した琢ノ介は、両腕で自らの体を抱き締めて冷たさに耐えている。

「今日から十月か。さすがに冬だな。こいつは冷たい……」

それでも直之進は水に入っているうちに、冷たさに体が慣れてきた。

「さんげさんげ　ろっこんざいしょう　おしめはつだい　こんごうどうじ……」

直之進は震えながら唱え、時折水をかぶった。

徐々にあたりが明るくなってきており、ほかにも水垢離をしている者の姿が見える。

——こんな酔狂としかいえぬことをしている者が他にもいるのだな。

さすがに大山詣の時季を外れているせいか人数は多くないが、それでも十人近くの者が水垢離をしていた。

中には襦袢《じゅばん》姿の女人の姿もある。

夏の山開き期間中も大山山頂の本社には女人は入れないが、中腹にある下社《しもしゃ》には年中、行けるらしい。下社ならば、女も入れると直之進は聞いた。

——この人たちは、これから大山詣に行くのだろうか。

全員がそうではないかもしれないが、何人かはまちがいなく行くのだろう。

本社への参詣が許されている夏のあいだは、流れに全身すっぽりと浸かる人ばかりだったにちがいないが、今はそこまでする人はほとんどいない。直之進たちと同じで、腰のあたりまで浸かり、顔や肩に少しばかり水をかける者がほとんどである。

そんな中、流れに全身を浸《ひた》している小柄な男がいた。

距離が十間ほどあり、しかもその男はこちらに背中を向けているから、顔は見えない。だが、直之進たちの目は自然にその男に引きつけられた。

——頭の白さからして年寄りのようだが、世の中にはすごい者がいるものだ。

直之進は感心するしかなかった。

——しかし、あの男は……。

「なあ、直之進——」

その男をじっと見ている琢ノ介がなにをいいたいのか、直之進はすぐに察した。

「うむ、珠吉に似ているな……」

その男を見つめつつ直之進はいった。

「あの後ろ姿は珠吉そのものといってよいが、しかし今頃、こんなところにおるはずはない」

「そうだよな」

すぐさま琢ノ介が同意する。

「まだ出仕には早すぎる刻限だ。いま珠吉は番所の中間長屋で、女房と一緒に朝餉を食べている頃だろう」

だが、どう見ても珠吉にしか見えない。直之進は男を凝視し続けた。

「――琢ノ介、やはりまちがいないぞ。あれは珠吉だ」

「ええっ、そうなのか……」

半信半疑の顔をした琢ノ介が目を凝らす。

「確かに、わしにも珠吉本人にしか見えなくなってきた」

「よし、そばに行ってみよう」

「えっ、直之進、本気か。あんな深そうなところまで行くのか」

「深くはないさ。珠吉でも足が立つのだ。それに琢ノ介、水垢離に来たのだぞ。

珠吉のように肩まで浸からなくては、お清めにならぬだろう」

「いや、もう十分のはずだ」

「では、おぬしはここで待っておれ」

「いや、もう陸《おか》に上がる。わしは荷物番を引き受ける」

「荷物を持っていく者など、いるものか」

「いや、わからんぞ」

「ならば、勝手にしろ」

「ああ、そうする」

右手だけを使って直之進はゆったりとした流れを突っ切り、珠吉に近づいていった。

「珠吉——」

一間ほどまで近寄り、直之進は声をかけた。

「えっ」

いきなり名を呼ばれて男が驚く。こちらを振り返った。

「やはり珠吉だったか」

「あっ、あれ、湯瀬さまじゃありやせんか」

水の中で立ち尽くし、珠吉が瞠目する。

「俺だけではない。琢ノ介もいるぞ」

直之進は岸壁のほうを指さした。

琢ノ介は石段に立ち、手ぬぐいで体をぬぐっているところだ。直之進と珠吉に手を振ってきた。

「あっ、本当に米田屋さんだ」

琢ノ介を見て、珠吉が目を丸くする。

「どうして湯瀬さまと米田屋さんが、水垢離をなさっているんですかい」

珠吉が問いを投げかけてきた。

「これから大山詣に行くからだ」

「えっ、そうなんですかい」

「大山詣のための水垢離に来たのだが、もしや珠吉も大山に行くのか」

「ええ、そういうことです」

明るい口調で答えたが、さすがの珠吉の唇も真っ青になっている。

「夏の間しか阿夫利神社の本社まで行けないのはわかっているんですが、せめて中腹の下社まで行ければいいと思いまして」

「大山詣は富士太郎さんも一緒か」

「いえ、うちの旦那はお勤めがありますからね。泊まりで江戸の外に出ることは禁じられていますから、一緒には行けません」

「そうよな」

「あっしは、安産祈願で大山に参ろうと思っているんですよ。そのために、うちの旦那から五日の休みをもらいました」

「ほう、安産祈願か……」

珠吉に女房はいるが、子はいないはずだ。数年前に跡取《あとど》りを病で失ったと聞いている。

「それはつまり、智代さんのためか」

富士太郎の妻の智代がいま子をはらんでいることは、もちろん直之進は知っている。

「ええ、さようです」

珠吉が大きく顎を引いた。

「実は三日前の夜、こんなことがあったんですよ」

智代の身に起きたことを、珠吉がつまびらかに語った。

「えっ、転んで雄哲先生の世話になったのか。智代さんは大丈夫なのか」

智代のことが本気で案じられた。

「別に智代さんが流産しそうだとかではないんですよ。それでもあっしはなんとしても、智代さんに丈夫な赤ちゃんを産んでほしいものですからね。うちの旦那から智代さんの話を聞いて、いても立ってもいられなくなりやして……」

珠吉の気持ちはよくわかる。

珠吉にとって、富士太郎はせがれも同然である。その富士太郎に子が生まれるのだ。

いわば、珠吉に初孫ができるようなものだ。なんとしても智代に無事に赤子を産んでほしい、との願いはひとしおだろう。

「実は、前から一度、大山には行こうと思っていたんですよ。今なら大きな事件も起きてないし、念願を叶える恰好の機会だと思って一念発起しました」

「珠吉は、お伊勢さんに行きたがっていると聞いていたが……」

「それは、六十五になって隠居してからのことですね」

その言葉に直之進は驚いた。

「珠吉は六十五で隠居するつもりなのか」

「ええ、そのつもりですよ。あと一年と少しですかね。この前、うちの旦那と話し合って、そう決めました」

「ああ、そうだったのか」

――ならば、富士太郎さんも珠吉の後釜《あとがま》捜しに本腰を入れなければならぬな。よい人が見つかればよいが……。

「しかし珠吉、この冷たい水に長いこと浸かっていて大丈夫か」

珠吉は唇が青い。もっとも、それは自分も同じだろう。

「ええ、へっちゃらですよ」

水の中で珠吉が胸を張る。ふむ、と直之進はうなるようにいった。

「確かに珠吉は鍛え方からして、今の若い者たちとはちがうように見えるな」

急に体に震えがきて、直之進は少し間を置いた。

「しかし珠吉は六十三だろう。いくら鍛え方がちがうといっても、さすがに心配になるぞ。年寄りのなんとか、という諺もあるくらいだからな」

「年寄りの冷や水ですかい。――湯瀬さま、お願いですから、うちの旦那みたいなこと、いわないでおくんなさい。毎日毎日、うちの旦那はあっしの顔を眺めては、今日は大丈夫か、まちがいないなと、いちいち確かめるんですからね」

「それだけ富士太郎さんが、珠吉のことを大事に思っている証だろう」

「そいつはわかっているんですが、さすがに毎朝だと、ちと鬱陶《うっとう》しいこともあるんですよ。もちろん、こんなこと、うちの旦那にはロが裂けてもいえませんが……」

珠吉を見つめて、直之進はうなずいた。

「俺も、そのことは決して富士太郎さんにはいわぬ」

「ありがとうございます」

珠吉が礼を述べる。

「それで、湯瀬さまたちはなぜ大山に行かれるんですかい」

その理由を直之進は語った。

「ああ、湯瀬さまは木刀を奉納に行かれるんですか。納太刀《おさめだち》と呼ばれるやつですね。米田屋さんは子宝祈願……。でも湯瀬さま、木刀の奉納は下社でなく、本社のほうにするもんじゃありませんかい」

「どうもそうらしいな。それでうちの館長が、俺が本社に入れるように公儀のほうに手を回してくださったのだ」

「えっ、まことですか。それはなんてうらやましい」

少し大きな声を上げ、珠吉が羨望の眼差しになる。

そばで水垢離をしていた男が、ちらりとこちらを見やった。目を鋭くして直之進を見つめてくる。直之進が済まぬというように顎を引くと、かすかに笑みを浮かべて男は顔を戻した。

直之進は改めて珠吉に目を当てた。

「ならば、珠吉も俺たちと一緒に来ればよかろう」

「そうすれば、あっしも本社まで行けるってことですね」

「ああ、行けるぞ。珠吉も今から出立するのだな」

直之進は確かめた。

「ええ、さようです」

「ならば珠吉、一緒に行こう」

「そいつは、うれしいですねえ」

珠吉が相好《そうごう》を崩す。

「まさか、湯瀬さまと米田屋さんと旅の道連れになれるなんて、思ってもいませんでしたよ。これは本当に、大山の神さまのお導きではないでしょうかね」

「うむ、きっとそうだ」

物事に偶然はないと直之進は信じている。ここで珠吉と会い、一緒に大山に行くことになったのにも、なんらかの意味があるにちがいない。

「よし、では珠吉、そろそろ上がるか」

「そういたしましょう」

直之進と珠吉は、琢ノ介のいる場所に向かって進みはじめた。

岸壁に着き、直之進たちは石段に上がった。琢ノ介が手を貸してくれる。

さすがに体は冷え切っている。吹き寄せる寒風はさほど冷たく感じないが、体は芯から凍《こご》えていた。

すでに着物を着込んでいる琢ノ介も、寒いなあ、と両手をごしごしすり合わせている。

「どこかで焚き火でもしてないかな」

琢ノ介が、きょろきょろとあたりを見回す。

「ないか。どこにも煙らしいものは見えん」

いかにも残念そうにいった。

「琢ノ介、焚き火など当てにせず、歩き出せばすぐに体も温まろう」

右手だけで体を拭いて、直之進は琢ノ介にいった。

「そう願いたいものだな」

直之進も珠吉も襌を替え、着物も着終えた。すぐに振り分け荷物を肩に担ぐ。

直之進は、奉納用の木刀を右手に持った。これは決してなくすわけにはいかない。もし紛失するようなことになったら、大山詣をする意味がなくなってしまう。

「よし、まいろうか」

直之進は琢ノ介と珠吉に声をかけた。

「うむ、出立だ」

琢ノ介が張り切っていった。そんな琢ノ介を、珠吉がにこにこして見ている。

「ええ、まいりやしょう」

歩き出そうとしたそのとき、直之進は妙な目を感じた。粘《ねば》つくような眼差しだ。

――門人たちを襲った者が、もしやあらわれたか。

足を止めて直之進は、さりげなくあたりを見回した。

一瞬、黒壁の蔵のそばに頭巾をかぶった侍らしき男の影が見えた。

だが、直之進が駆け出そうとした瞬間、その影は消え失せていた。

——今のは幻だったのか。

首をひねって直之進は自問した。

——いや、そんなわけはない。頭巾の侍は確かにいた。

見まちがいなどでは決してない。

「どうかしたのか、直之進」

立ち止まった直之進を気にして、琢ノ介が振り返ってきいてきた。

「琢ノ介、昨日いい忘れたことがある。珠吉もきいてくれるか」

「なんだ」

「なんでしょう」

琢ノ介と珠吉が直之進に寄ってきた。

「実は、二度にわたって秀士館の門人が襲われたのだ。下手人はまだ捕まっておらぬが、頭巾の侍ということだ。その頭巾の侍は、どうやら俺にうらみがあるらしい。門人を叩き伏せたのち、湯瀬直之進によろしくいっておけ、と捨て台詞を吐いていったそうなのだ」

「二度目があったってのは、初めてききやした」

珠吉が目を見張った。

「昨日、わしがおぬしの家を訪ねて、なにかあったのかときいたとき、直之進が口を濁したのは、そのことだったのか」

「うむ、そうだ」

「直之進、もしや今そやつがいたのか」

勘よく琢ノ介がきいてきた。

「いたように感じた」

「どこだ」

「あそこだ」

直之進は左手の黒壁の蔵のほうを指さした。

「今は誰もおらぬな」

「俺に気づかれたのを知って、身を隠したようだ」

「なにゆえその頭巾の侍が直之進を狙っているのか、見当はついているのか」

「さっぱりわからぬ」

そうか、と琢ノ介がいった。

「直之進は嵐を呼ぶ男だからな、いろいろとうらみを買うのは仕方あるまい」

琢ノ介が改めてぎろりとした瞳であたりを見回す。すぐに直之進に顔を戻した。

「直之進、おぬしはつまり囮のつもりでおるのだな。それで単身、江戸を出る気になったか」

「さすがは琢ノ介だ。その通りだ。まさに慧眼《けいがん》としかいいようがないな」

直之進は琢ノ介をたたえた。

「直之進、わしを褒めても、なにも出んぞ」

「琢ノ介になにかねだろうなどとは思わぬ。とにかく琢ノ介、珠吉、用心を怠らぬようにしてくれ。俺と一緒ということで、頭巾の侍がおぬしらにも害をなすかもしれぬゆえ」

「承知した。もし襲ってきたら、必ず返り討ちにしてやる」

強い口調でいって、琢ノ介が腰に差している道中差《どうちゅうざし》の柄を軽く叩いた。

「ええ、必ず引っ捕らえてやりましょう」

珠吉も、力こぶをつくってみせた。

「その気持ちはありがたいが、二人とも決して無理をせんでくれ」

直之進は琢ノ介と珠吉にいった。

「怪我をされるのが、いちばん怖い」

とにかく、と直之進は思った。

——なにが起きようと、今は大山に向かって歩を進めるしか道はない。

「よし、直之進、珠吉。まいろうではないか」

先頭を切って琢ノ介が大山への第一歩を踏み出した。

直之進と珠吉はその後ろに続いた。

四

大山に向かうには東海道《とうかいどう》ではなく、青山通《あおやまどお》り大山道《おおやまみち》という街道を行く。

もともとこの街道は矢倉沢往還《やぐらさわおうかん》と呼ばれており、直之進の故郷の駿州が終点になっている脇街道《わきかいどう》なのだが、江戸から大山に行くのにひじょうに便利がよく、大山詣がいっそう盛んになって行き交う人が増えるにしたがい、大山道という呼称に自然に変わっていったらしい。

珠吉が富士太郎から五日の休みをもらったことや、あと一年余り先に隠居するつもりだということを、大山道を踏み締めながら直之進は琢ノ介に伝えた。

「そうか、珠吉は六十五で隠居するのか。ならば、富士太郎も大変だな。珠吉ほどの中間を見つけるのは相当に骨だぞ」

「いえ、そんなことはないでしょうけど」

珠吉が琢ノ介に向かって手を振ってみせる。

「珠吉、謙遜《けんそん》する必要はないぞ。おぬしはまことに希有《けう》な中間だとわしは思っている」

「さようですか。褒められて悪い気はいたしませんね。とにかく米田屋さん、そういうことなんで、あっしの後釜としてこれぞという人がいないか、心がけておいていただけませんか」

「うむ、任せておくがよい」

胸をどんと叩いて、琢ノ介が力強く請け合った。琢ノ介は、今は商人のはずなのに、珠吉を相手にしていると、侍だった頃の口調に戻るようだ。

直之進たちはまず、青山通り大山道の起点となっている赤坂御門《あかさかごもん》へ向かった。

大山道に入ると、渋谷村《しぶやむら》を過ぎ、やがて三軒茶屋《さんげんぢゃや》に至った。

「三軒茶屋という地名は、この地に三軒の茶店があるからだな」

別に茶店で一休みしようという気持ちがあって、琢ノ介はいったわけではないようだ。

「田中屋、角屋《かどや》、信楽《しがらき》という三軒の茶店があるゆえ、その名がついたようだな」

「その三軒の茶店は、昔からあるのか」

「いや、昔というほどのものではないらしい。大山詣が盛んになって、この街道を行き来する旅人が多くなってから、その三軒の茶店はできたようだな」

「では、三軒茶屋という地名はさほど古いものではないのだな」

「うむ、そういうことになろう」

「直之進、では三軒茶屋と呼ばれる前は、このあたりはなんという地名だったのだ」

「いや、そこまでは知らぬな」

「確か、馬引沢村《うまひきざわむら》といったはずですよ」

斜め後ろから珠吉がいった。

「もちろん、その名は今も残っていますよ」

「よく知っているな、珠吉」

琢ノ介が驚いたようにいった。ええ、と珠吉が顎を引いた。

「いま馬引沢村は、三つに分かれておりましてね。上《かみ》馬引沢村、中《なか》馬引沢村、下《しも》馬引沢村というふうになっています。上馬、中馬、下馬と略されて呼ばれることが多いようですよ」

「珠吉、なにゆえそこまで詳しいのだ」

さすがに不思議に感じ、直之進は珠吉にたずねた。

「ええ、あっしの祖父というのが、このあたりの出らしいんですよ」

「ああ、そうなのか」

「地名に話を戻しますと、もともと馬引沢村で一つだったのが、上郷、中郷、下郷と分かれたらしいんです」

「その後、馬引沢村は上馬、中馬、下馬となったわけか」

「さようです。三軒茶屋のあたりは中馬のようですね」

珠吉が楽しそうに話を続ける。

「馬引沢村という地名は、源頼朝公の故事からきているようですよ」

「それはまた、ずいぶんと古いな」

感心して直之進はいった。

「このあたりを頼朝公が馬を引いて進んだことがあるからか」

琢ノ介が割って入る。

「いえ、そうではないんですよ」

珠吉が首を横に振った。

「奥州《おうしゅう》の藤原《ふじわら》氏を討伐に向かう際、頼朝公がこのあたりを通ったのは、米田屋さんのおっしゃる通りなんですが……」

うむ、と直之進は相づちを打った。

「馬に乗って頼朝公がこのあたりの沢を渡ろうとしたときに愛馬がなにかに驚いたのかいきなり暴れ出し、流れにはまってしまったそうなんです。頼朝公は愛馬を助け上げたのですが、結局、死んでしまったらしいんです」

「ふむ、そんなことがあったのか」

ええ、と珠吉がいった。

「愛馬を丁重《ていちょう》に葬ったあと頼朝公は、以後この沢は馬を引いて渡るようにせよ、と命じたそうなのです」

それを聞いて直之進は合点がいった。

「なるほど、それで馬引沢と名がついたのだな。武家の棟梁《とうりょう》である頼朝公が村の名づけ親とは、これ以上の名誉はないではないか」

「ええ、湯瀬さまのおっしゃる通りですよ。素晴らしいことだと思います」

直之進は後ろを見た。怪しい者はついてきていないように見える。親子連れらしい旅人がずっと後ろにいるが、あの二人は害意《がいい》などまったく感じさせない。

水垢離をした両国の大川からここまで、およそ一刻半でやってきた。順調に旅程をこなしているといってよい。

「直之進、腹が空かぬか」

前を行く琢ノ介が不意にいった。

「うむ、空いたな。珠吉はどうだ」

「あっしは、いつそれを切り出そうかと思っていましたよ」

「なんだ、いえばよかったのに」

「いえ、いの一番にいったら、恰好悪いじゃないですか」

「そのあたりは、珠吉はさすがに江戸っ子だな。やせ我慢か」

「やせ我慢こそが、江戸っ子の真骨頂《しんこっちょう》ですからね」

「では、少し遅くなったが、朝飯にするか」

よさそうな場所がないか、直之進は前方に目を投げた。

「半町ばかり先の道端に建っているのは、地蔵堂か。あのあたりがよいのではないか」

「ええ、地蔵堂の横に弁当を広げるのに、ちょうどよさそうな草むらがありますよ」

「えっ、珠吉、まことか」

驚いたように琢ノ介が目を凝らす。

「あそこに草むらがあるのか。わしには、見えんな。珠吉は、目もすごくよいのだな」

感心した琢ノ介に、顔を向けて珠吉がにっこりする。

「歳を取っていろいろなところが弱ってきましたけど、おかげさまで、目だけはなんとかもってますよ」

「そいつはうらやましいな。わしなど、帳面とにらめっこしていることが多いせいか、目が悪くなってしまった」

嘆くように琢ノ介がいった。

地蔵堂の前までやってきたところで、直之進は背後を見た。近在の者とおぼしき百姓が何人か歩いている。

旅人らしい者も何組か目についた。

だが、頭巾をかぶった侍は、視界に入ってこない。

――ふむ、ついてきてはおらぬのか。

直之進は顔をしかめた。

「どうした、直之進」

草むらにいち早く入った琢ノ介が声をかけてきた。すぐに眉根を寄せる。

「もしや、また眼差しを感じたのか」

「いや、そうではない」

すぐに直之進はかぶりを振った。

「逆に気配を感じぬので、ついてきておらぬのではないか、と心配しているのだ」

「ついてきておらんとすると、秀士館の門人たちが案じられるものな」

「そういうことだ。だが、ついてきておらぬなどということはあるまい」

直之進は確信を抱いていった。

直之進たちは、二間四方ほどの草むらに荷物を置いた。

やれやれといいながら、草の上に琢ノ介があぐらをかく。

直之進は木刀を荷物の上にそっとのせてから、琢ノ介の横に座った。

二人が座るのを待って、珠吉が草むらの端に座した。

「珠吉、そんなところでなく、もっとこっちに来い」

琢ノ介が手招く。いえ、といって珠吉が固辞《こじ》する。

「あっしはここでけっこうですよ」

「そうか。無理強いはせんが。――まあ、それにしても腹ぺこだ」

それは直之進も同感である。

三人とも、それぞれの女房が持たせてくれた握り飯を持ってきている。

直之進は、風呂敷に包んで腰に巻いていた竹皮包みを膝の上で開いた。海苔《のり》でくるまれた大きめの握り飯が、三つ並んでいる。

琢ノ介の竹皮包みには四つの握り飯がのっており、海苔を巻いたのと塩むすびが二つずつあった。珠吉も小さめの握り飯が四つだが、いずれも塩むすびらしい。

いただきます、といって直之進たちは食べはじめた。

「ああ、うまいなあ」

海苔の握り飯にかぶりついた琢ノ介が、感極まったような声を上げる。

「ああ、うまい」

直之進はしっかりと咀嚼し、おきくのつくってくれた握り飯をしみじみ味わった。

珠吉も、笑みを浮かべて塩むすびを食している。

「おい、直之進、握り飯を一つ交換せんか」

「ああ、よかろう」

直之進は右手で竹皮包みを持ち、琢ノ介の前に差し出した。

「どちらか好きなほうを選べ」

「具はなんだ」

「いま俺が食べたのが梅干しだったから、鮭と昆布だな」

「どっちが鮭だ」

「さあ、わからぬ」

「では、これだ」

直之進から見て右側の握り飯を、琢ノ介は取った。それをとりあえず自分の竹皮包みに置いた。

「よし、今度は直之進の番だ」

琢ノ介が今度は竹皮包みを差し出してきた。

「義姉上《あねうえ》がつくった握り飯か。初めてではないが、楽しみだな。具はなんだ」

竹皮包みの上の三つの握り飯を見て、直之進はきいた。海苔の握り飯が一つに塩むすびが二つである。

「塩むすびが昆布で、海苔のほうは梅干しだ」

「ふむ、そうか。では塩むすびをいただこう」

直之進は一つを手に取った。

つと琢ノ介が立ち上がり、珠吉に寄った。竹皮包みを突き出すようにする。

「珠吉も交換せんか」

「えっ、でも、あっしのは具なしの塩むすびで、しかも小さいですよ」

「別に構わん。交換しよう」

「本当にいいんですかい」

「もちろんだ」

「海苔のほうでも構いませんか」

「当たり前だ」

「では、遠慮なく」

にこにことうれしそうに笑んで、珠吉が海苔の握り飯を手にした。

「では、わしは塩むすびをもらうぞ」

「具なしで済みませんね」

「いや、具がない塩むすびも、米の味がよくわかってよいものだぞ」

琢ノ介がいそいそと元の位置に戻る。

「珠吉、俺の握り飯とも交換してくれ」

右手で竹皮包みを持ち、直之進は珠吉に差し出した。

「えっ、湯瀬さまもよろしいんですかい」

「うむ、珠吉の女房どのがつくった握り飯を是非とも味わいたいのでな」

「こんなのでよければ、ええ、どうぞ」

直之進と珠吉は握り飯を交換し合った。

直之進はおあきの握り飯を食べたあと、珠吉の塩むすびにかぶりついた。

塩がほどよく利いており、その上、握り方も巧みなのか、正直、一番おいしかった。

「こいつはすごい」

琢ノ介も珠吉の塩むすびを咀嚼している。

「うむ、直之進のいう通りだ。おあきとおきくのつくった握り飯もうまいが、珠吉の女房がつくったのは、ひと味もふた味もちがう」

「えっ、それほどのものではないでしょう」

「なに、珠吉、謙遜することはないぞ。これなら売り物になるぞ」

「ならば、あっしが隠居したら、握り飯でも売って生計を立てやしょうかね」

「それがよいかもしれんぞ」

「まあ、自慢させていただきますと、握り飯のつくり方を女房に伝授したのは、あっしなんですよ」

「えっ、そうなのか」

　琢ノ介が目を丸くする。

「ええ、あっしは握り飯が得手《えて》でしてね。ただ、今となっては女房の作る握り飯のほうが断然うまいですよ」

「そうなのか。それなら珠吉のつくった握り飯も食べたかったな」

「実をいうと、四つのうち二つはあっしがつくったものなんです。ちょうど、湯瀬さまと米田屋さんに召し上がってもらったものがそうですよ」

「えっ、まことか」

　さすがに直之進はびっくりした。

「珠吉は握り飯の天才だな」

「いえ、そんなことはないでしょうが……」

「では、珠吉の女房はあれよりうまい握り飯を作るのか。珠吉、まことに握り飯屋をやったほうがよいぞ。夫婦でやれば、数多くつくれるし、きっと儲かるぞ」

琢ノ介が強く勧めてくる。

「商売によさそうな店は、わしが周旋《しゅうせん》してやるゆえな」

「ええ、わかりましたよ」

笑顔で珠吉が答えた。

「もしおにぎりの店を出す気になったら、米田屋さんに周旋をお願いすることにいたしやす」

「うむ、是非そうしてくれ」

こうして互いの握り飯を交換して食するのは、実に心楽しいことだった。

このようなことは、一緒に旅に出ないと決して味わえないことだろう。

――まさに旅の醍醐味《だいごみ》といってよいのではないか。

その後、竹水筒で喉を潤した直之進たちは、再び大山道を歩きはじめた。

「珠吉の爺さまが三軒茶屋の近くの出というのは、初めて聞いたぞ」

歩きながら直之進は珠吉に話しかけた。

「ええ、祖父が亡くなってからだいぶたつので、そんなことはすっかり忘れていたんですが、通りかかって、ふと思い出したんですよ」

「珠吉の祖父《じい》さまはいつ江戸に出てきたのだ」

三軒茶屋は朱引外《しゅびきそと》だから、江戸市中とはいえない。

「若い時分らしいですね。百姓家の三男坊で、江戸に出るしか自らの食い扶持を得ることができなかったようですから。それでさる商家に奉公をして、四十過ぎに暖簾分けしてもらって自分の店を持ち、女房をもらったそうです。これは、あっしの祖母ですが」

「祖父さまは商才があったのだな」

「ええ、そうみたいです。店を持ってすぐに、あっしの親父が生まれたんですが、一人っ子ということで祖父母にはだいぶ甘やかされたらしく、結局、道を外れてやくざ者のようなことをしていたようです。家には滅多に寄りつかず、武家の渡り中間をしていたんですよ」

「ほう、そうだったか」

「そのあと、飲み屋の女将《おかみ》とできちまった親父は、その店で一緒に暮らすようになって、あっしがこの世におぎゃあ、と生まれたんです」

「珠吉は飲み屋で生まれたのか」

「さいですよ。今は甘いものに目がありやせんが、若い頃は浴びるように酒が飲めたのは、そのせいでしょうね」

「それで珠吉、その後はどうしたのだ」

急《せ》かすように琢ノ介がいった。

「祖父の店は奉公人が跡を継いだのですが、祖父母が亡くなったあとに潰れてしまったそうです」

「ああ、そうなのか。おとっつぁんは結局、家には戻らずじまいか」

「さようですよ。おっかさんに飲み屋をやらせて、自分は岡っ引の手下みたいなことをしていたみたいです。その岡っ引の親分が死んだあと、うちのおっかさんも亡くなってしまい、当時すでに知り合いになっていた、あっしの旦那のお父上の中間にしてもらったんです」

「それでは、珠吉はおとっつぁんの跡を継いで中間になったのか」

「さいですよ。あっしが育ったのは、番所内の中間長屋ですから。父一人、子一人です」

「そうだったのか。珠吉の生い立ちは初めて聞いたが、やはりその手の話はおもしろいものだな」

「えっ、おもしろいですかい」

「ああ、おもしろいな」

珠吉や琢ノ介と話をし続けたせいか、時があっという間に過ぎていく。

「直之進、今どのあたりまで来たのだ」

「もうすぐ二子《ふたご》の渡しだ」

「今晩宿をとる下鶴間宿には、まだだいぶあるのか」

「ああ、かなりあるな。六里ほどではないか」

「げっ、まだそんなにあるのか。まあ、しかし我が子を授かるためだからな、こんなことでへこたれるわけにはいかん」

「その意気だ、琢ノ介」

三人の行く手に二子の渡し場が見えてきた。広い空の下、玉川《たまがわ》が滔々《とうとう》と流れている。

直之進たちは、矢倉沢往還の溝口宿《みぞのくちしゆく》を過ぎた。荏田宿《えだしゆく》を過ぎた頃には、日が西にさしかかっていた。

「直之進、どこかで腹ごしらえをしようではないか」

「ああ、そうだな。このまま昼食を抜くと、確かに体がもたぬ。珠吉はなにか食べたいものがあるか」

「いえ、あっしはなんでも構いませんよ」

「では、そこの蕎麦屋《そばや》でもよいか」

十間ほど先の街道沿いに、蕎麦屋の幟《のぼり》が翻っている。

「あっしは蕎麦切りは大好物ですよ。うちの旦那にも、珠吉は本当に蕎麦切りが好きだねえ、とあきれられるくらいですからね」

「それなら、そこの蕎麦屋にしよう。琢ノ介も蕎麦切りで文句ないな」

「うむ、わしも蕎麦切りは好きだ」

直之進たちは、田仲屋《たなかや》という蕎麦屋の暖簾を払った。建物自体、由緒ありげで、かなり昔からこの地で商売をしているのが知れた。

直之進はざる蕎麦を二枚頼んだ。琢ノ介はざる蕎麦とかけ蕎麦、珠吉はかけ蕎麦をそれぞれ注文した。

さすがに老舗《しにせ》の蕎麦屋というべきなのか、蕎麦切り自体もなかなかのものだったが、鰹節《かつおぶし》のだしの利いたつゆが特に美味だった。それを蕎麦湯で割って飲んだときには、直之進は生きている幸せを感じたほどだ。

琢ノ介と珠吉もうまい蕎麦切りにありつけて、満足そうだ。

ここの勘定は直之進が持った。むろん、琢ノ介と珠吉におごった分まで、大左衛門から預かった五両から出す気はない。自分の食べた分だけ、大左衛門に甘えるつもりでいる。

田仲屋での食事を終え、直之進たちは大山道をさらに歩いた。

三人で尽きぬ話をしていると、泊まり客で賑わう長津田宿《ながつだしゅく》も過ぎ、あっという間に日暮れがやってきた。

「ああ、だいぶ暗くなってきたな」

「下鶴間宿はまだか」

「いや、先ほど道標《どうひょう》があったが、それによると、あと五町ばかりというところまで来ているはずだ。武蔵国《むさしのくに》と相模国の国境《くにざかい》を流れる、その名も境川《さかいがわ》という川を渡ればすぐそこだ」

「あと五町か」

琢ノ介が顔をしかめている。

「足が痛くなってきておるのだ」

「そうか、それは辛いな」

「普段、江戸の町を歩き回っているのに、このざまとは……」

「まめでもできたのか」

「いや、まめではない。こいつは疲れからきているものだな。毎日、歩き回っているといっても、こんなには歩かんからな。さすがに足が悲鳴を上げているようだ」

「がんばれるか」

「がんばるしかあるまい。おぬしの手は借りられぬし、六十三歳の珠吉に肩を貸してくれともいえん」

「あっしは肩をお貸ししても、よろしゅうございますよ」

「いや、せっかくだが、遠慮しておこう。あと少しだ、がんばるさ」

鶴瀬橋《つるせばし》で境川の清流を渡ると、じきにこぢんまりとした宿場の町並みが目に入ってきた。あとほんの半町である。

そのとき背後で騒ぎが起きた。男の怒号と子供の悲鳴である。

なんだ、と直之進は素早く振り向いた。

道中、何度か見かけていた旅の親子連れとおぼしき二人が、やくざ者としか思えない者たちに囲まれているのだ。

「なんの騒ぎだ」

振り返った琢ノ介がじっと見る。珠吉もそちらに顔を向けている。

「やくざ者が親子連れに、いちゃもんでもつけているのではないか。ちょっと様子を見てくるゆえ、琢ノ介と珠吉はそこにいて、俺の荷物を見ていてくれ」

振り分け荷物と木刀を道脇に置いて、直之進は走り出した。

近づくにつれ、やくざ者は七人なのがわかった。そろいもそろって悪相《あくそう》である。七人は父親を殴りつけ、女の子を連れ去ろうとしているように見える。

――まさか、あやつら、かどわかそうとしているのではあるまいな。

「なにをしているのだ」

その場に駆けつけた直之進は、やくざ者を怒鳴りつけた。瞬時に、刀を抜くまでの相手ではないと判断した。この者たちならば、もし戦うことになっても、素手で十分に倒せよう。

前に進み出た直之進は、女の子の着物を引っ張っているやくざ者の手を手刀で、びしりと打った。痛えっ、とやくざ者が手を離した隙に女の子を抱き寄せて背中にかばい、さらに前に出た。

地面に倒れ込んで、やくざ者に袋叩きにされている父親を救い出す。

「立てるか」

「あっ、は、はい、済みません」

おや、と父親らしい男の顔を見て直之進は軽く首をひねった。

――確か、大川で一緒に水垢離をしていた、珠吉のそばにいた男ではないか。

「やせ侍の分際《ぶんざい》で、邪魔立てする気かっ」

顎に一筋の傷跡がある四十過ぎの男が直之進をにらみつけて、吼えた。

「やせ侍とはいってくれるな」

男を見返して直之進は微笑した。

「だが、おぬしのいう通りだ。邪魔立てさせてもらう。どう見ても、おぬしらが正しいことをしているとは思えぬのでな」

「ほう、そうかい。だが、俺たちにも道理はあるぞ」

「どんな道理だ。いってみろ」

「そいつが借金を返さねえからだ」

憎々しげに父親をねめつけて、男がいった。

「金を返さぬからといって、娘をかどわかそうというのは感心せぬな」

「そいつは娘を借金の形《かた》にして、金を借りたのよ」

「だが、娘を力ずくで奪おうというのは看過できぬ」

「どうしても娘を渡さねえというのか」

「そういうことだ」

「痛い目に遭いてえのか」

「痛い目に遭うのはおぬしらのほうだぞ」

「えらそうになにをいってやがんだ」

男がせせら笑う。

「どうしても娘を渡さねえ気のようだな。よし、望み通りに痛い目に遭わせてやる」

顎に傷跡がある男がすごんだ。

「構うことはねえぞ。この侍をやっちまえ」

男が他のやくざ者に命じた。おう、と配下の六人が声をそろえた。

えいっ、と声をかけて若い二人がまず突っ込んできた。二人は別に得物《えもの》を持っているわけではなく、直之進を拳で殴りつけようとしていた。

だが、いかにも隙だらけだ。

左側の男の拳をよけると同時に、直之進は右側の男の腹にげんこつを叩き込んだ。

ぐえっ、と潰れた蛙のような声を出し、男が腹を押さえ込んでその場にくずおれる。

拳をかわされた左側の男がたたらを踏んだ。

こちらに向き直ろうとした横顔に、直之進は右手の拳を見舞った。

がつ、と音がして男がのけぞり、背中から地面に倒れていく。倒れた弾みで土《つち》煙《けむり》が立ち、男は石に頭をぶつけた。そのまま気を失ったようだ。

「てめえっ」

それを見たやくざ者全員が、懐からさっと匕首《あいくち》を抜いた。残照を映じて、五本の匕首が橙《だいだい》色に鈍く光る。

直之進はまったく動じていない。これまでくぐり抜けてきた修羅場《しゅらば》に比べたら、目の前の五人のやくざ者を相手にすることなど、造作もないことである。

「死ねっ」

右から小太りの男が、匕首を腰だめにして突進してきた。直之進はひらりと右に動いてかわし、右の手刀で男の手首をしたたかに打った。男の手から匕首がこぼれた。

残りの四人が目を瞠《みは》る。そこに直之進は躍り込んでいった。右手の拳を、顎に傷跡がある男に向かって伸ばしていく。

がつっ、と手応えがあり、ぐあっ、と叫んで男がのけぞった。後ろ向きに倒れそうになるのをなんとかこらえたが、次の瞬間、膝ががくがくと激しく震え、あ、あ、という声を残して前のめりに倒れ込んだ。

すでにそのときには、直之進は別の男に飛びかかっていた。

仰天した男があわてて後ろに下がろうとしたのを見逃さず、げんこつを男のこめかみにぶつけていく。

またも、がつっ、と音が立ち、殴られた男は土煙を立てて地面に転がった。

野郎っ、と怒号し、やせた男が匕首を直之進に向かって振るう。

その腕をするりと手繰《たぐ》るや、直之進はやせた男の体を背中に乗せ、投げを打った。

直之進の背中の上で一回転した男は、腰から地面に叩きつけられた。どすん、と簞笥《たんす》でも倒れたかのような鈍い音がした。

横たわった男は、痛てて、と腰を押さえて苦しがっている。立ち上がれそうにない。

最後に残った一人はけなげにも、匕首を手に突っ込んできた。

「食らえっ」

匕首を払うように振るってきたが、男の腰は引けている。

直之進は匕首を右手で払いのけるや、男のがら空きの腹を蹴った。

ぐにゃり、という感じで足が下腹に入っていく。げえっ、と口から食べ物をもどすような声を発して、男が腹を押さえて膝をついた。すぐに倒れ込み、地面の上で苦しそうにもだえはじめた。

――ふむ、これで終わりか。

直之進は、形ばかりにぱんぱんと手を払った。息は微塵も乱れていない。

「怪我の具合はどうだ」

直之進は親子連れに声をかけた。

「は、はい、大丈夫です。大したことはありません。お助けいただき、まことにありがとうございました」

父親が深く頭を下げてきた。

「お助けいただいたのに、なんのお礼もできず、心苦しいのでございますが」

「礼などいらぬ。この者らが動けぬうちに、さっさと行くがよい」

「は、はい、ありがとうございます」

親子連れがまた直之進に頭を下げた。

直之進は娘に目を据えた。

歳は十一、二というところか。

――色白で、どこか、歌舞伎に出てくるおなごに似ているな。この歳でこんなに色っぽいのだからな。やくざ者どもが、かどわかしてでもほしがるわけだ。借金を取り立てるより、この娘を女郎にでもして稼いでもらうほうが、ずっと儲かるはずだからな。

「では、これで失礼いたします」

振り分け荷物を肩に担いだ父親が娘の手を引き、西に向かってそそくさと歩きはじめる。

その場に立ったまま直之進は二人を見送った。やくざ者たちはそろそろと立ち上がりはじめていたが、直之進に挑みかかってくるような者は一人もいない。

「おぬしら、わかっていると思うが、二度とあの親子連れに手を出すなよ」

やくざ者たちをにらみつけて直之進は宣した。

「もし手出ししたら、今度は容赦せぬぞ。これにものをいわせるゆえ、覚悟することだ」

直之進は愛刀の柄をぽんと叩いた。

「俺は素手で戦うよりも、刀のほうがずっと得手《えて》だ」

おびえた目で直之進を見たものの、覚えてやがれ、今度は半殺しにしてやるからな、と捨て台詞を吐いて、やくざ者たちが直之進の前から走り去った。

覚えておくさ、とやくざ者たちの後ろ姿を目で追いながら、直之進は思った。

この分では、またあの親子連れを襲うのは明白だったからだ。

あれだけ美しい娘を、一度叩きのめされたからといって、あきらめるとは思えない。

——必ずやあの二人を襲うにちがいない。

だが、道連れでない以上、もはや直之進にはあの二人を守るすべはなかった。

五

下鶴間宿に入った。

道幅がずいぶん広いことに直之進は驚いた。ほかの宿場とちがい、ここは四間はあるのではないか。

広い通り沿いに、商家が建ち並んでおり、近在からも大勢の者が買物に来ているようだ。下鶴間宿は、大山街道と八王子《はちおうじ》往還《おうかん》が交差する交通の要衝だという。そのために、旅籠《はたご》もどうやら六、七軒はありそうだ。

「ここでよいのではないか」

街道の右手に建つ一軒の旅籠を見上げて、琢ノ介がいった。徳永屋《とくながや》と看板が出ている。

外観がきれいで、建物が広く見えた。その上、掃除が行き届いているような雰囲気を旅籠全体が醸《かも》し出していた。

「うむ、俺もここでよい」

珠吉も異存はないとのことだ。

直之進たちは客引きの女に、部屋が空いているかきいた。

「空いておりますけど、もしかすると相部屋《あいべや》になるかもしれません。それでもよろしいですか」

「そんなに混んでいるのか」

「ええ、今夜から近くで祭礼がはじまるものですから、けっこう混んでいます」

「ほう、祭礼か」

「はい、この宿場には、阿夫利神社の分社があるのです。そちらの祭礼です」

「阿夫利神社の分社だって。そこも霊験あらたかなのか」

琢ノ介が思わずという感じで声をあげた。

まさかこの男は、と直之進は思った。

――その分社で参詣を済ませるつもりではなかろうな。

「霊験あらたかだとは確かに聞きますけど、やはり本物のほうがいいのではないかと、私なんかは思いますよ」

「それはそうだろうな」

納得したように琢ノ介がいった。

「ところで、わしたちが入る部屋は、何畳間なのだ」

「八畳間です」

「けっこう広いのだな。しかし、その八畳間にわしら三人が入るとなると、相部屋にするにしても、あと入れるのはせいぜい一人か二人だな」

「はい、多分、そうなると思います。もちろん、衝立《ついたて》は立てさせていただきますよ」

仕方あるまいな、と直之進は思った。よその旅籠も似たようなものだろう。ほかに行ったところで、相部屋になる度合いは高そうだ。

ここでよい、ということになり、直之進たちは部屋に案内された。

――分社の祭礼で、それだけの人が集まってくるのか。

六月二十七日から七月十七日のあいだの時季は、この宿場や街道はいったいどれだけの賑わいなのだろう。

考えるだけで恐ろしい。一人で大山に向かい、旅籠になど泊まれるものではないだろう。だからこそ皆、講《こう》というものを組んで行くのだ。講はそれぞれ決まりの宿を持っている。講に入って行けば、旅籠に泊まりそびれるということはない。

部屋に落ち着き、夕餉ができるまでのあいだ直之進たちが茶を喫していると、珠吉が、そういえば、といった。

「確か、盆暮れに大山詣をすると、借金を待ってもらえると聞きましたよ」

「盆というと、江戸では七月十三日から十六日までか。大山詣の時季と重なるな」

直之進は珠吉にうなずいてみせた。

「たいてい、どこの家の者も、盆暮れにそれまでにつけておいた代金を払うじゃありませんか。それがいやで夜逃げする人もいますけど、そんなことをせずとも、大山詣をすれば、借金取りのほうも、大山に行ったのなら仕方ないな、という仕儀《しぎ》になるそうです」

「へえ、それはまたおもしろい話だな」

「となると——」

横から琢ノ介が口を開いた。

「娘を形にして借金をした先ほどの男は、大山に参詣するつもりだとしても、時季外れゆえに返済を待ってもらえんということだな」

「残念ながらそういうことになるでしょうね」

それにしても、と琢ノ介がいった。

「時季は限られるとはいえ、借金取りから逃げるのには、大山詣は素晴らしい手だ」

琢ノ介は、心の底から感心したという顔をしている。

「もしわしが借金をするようなことがあれば、必ず大山詣という手を使わせてもらおう」

その後、風呂に浸かり、夕餉になった。

旅籠が供するものとしてはまったく文句のない夕餉で、特に豆腐の味噌汁が美味だった。とろりと甘い白味噌に、大豆の旨みを強く感じる豆腐が実に合っていた。

布団も敷かれ、いよいよあとは寝るだけだというそのとき、直之進は廊下に面した障子の向こう側に人の気配が立ったのを感じた。

「あの、もし……」

声の主は、この旅籠の女中のようだ。

珠吉が出ようとするのを制して直之進はすっくと立ち、障子を開けた。

「どうした」

「あの、相部屋をお願いしたいのですが」

女中が申し訳なさそうにいった。今からか、と思い、直之進は少し気落ちした。だが、承知していたことなのだから、いやとは決していえない。

「ああ、わかった。そういう約束で、投宿《とうしゅく》したのだからな……」

直之進は、琢ノ介と珠吉を振り返って見た。二人とも直之進を見て、うなずいている。

ありがとうございます、と礼をいって女中が腰をかがめた。

「では、まずは間仕切《まじき》りを入れさせていただきます」

すでに女中の背後には、衝立が用意されていた。

直之進たちが寝ようとしていた八畳間は、女中の手で衝立で半分に区切られた。押し入れから布団も出され、敷かれた。

「支度ができました。どうぞ、お入りになってください」

いったん姿を消した女中が連れてきたのは、先ほどやくざ者に取り囲まれていた親子連れだった。

「あっ」

二人の姿を目の当たりにして、直之進は息をのんだ。まさかこの二人と相部屋になろうとは思ってもいなかった。

——なにゆえ、いまだにこの宿場にいるのだろう。

直之進は、内心で首をひねるしかない。とうに先を急いだものと考えていたのだ。

——しかし、あんな目に遭ったにもかかわらず、のんびりと旅籠に投宿するとは、腹が据わっているのか、それとも、ただの考えなしなのか。

ただし、親子連れのほうには、直之進たちと会ったことに驚いたふうはない。

――俺たちがここに泊まっていることを、知っていたのか。

親子連れは、衝立の向こうで着替えをしているようだ。寝間着《ねまき》などを旅籠が貸してくれるわけではないから、すべて自前である。

直之進たちも、振り分け荷物の中に畳んで入れてあるのだ。

「あの、ご挨拶をしたいのですが、よろしいでしょうか」

親子連れの父親が衝立の向こうからいってきた。

「ああ、構わぬぞ」

琢ノ介と珠吉の了解をとってから、直之進は少し衝立をずらした。

父親のほうが顔を見せた。娘は衝立の陰にいるのか、姿は見えない。

「先ほどはありがとうございました」

父親が改めて礼をいってきた。

「危ないところを助けていただいたのに、お名もうかがわず、まことに失礼いたしました」

「いや、そのようなことはよいのだ」

直之進は本心から告げた。

「あの、手前は孝之助《こうのすけ》と申します。どうか、よろしくお願いいたします」

孝之助が畳に両手をついた。

「もう疲れて布団に横になっておるので、挨拶は控えさせていただきますが、娘は紺《こん》と申します」

直之進たちもそれぞれ名乗ったが、秀士館の剣術方師範代、定廻り同心付きの中間、口入屋のあるじというそれぞれの身分は、とりあえず伏せておいた。

どうしてそんなに身分がちがう者同士が一緒なのか、穿鑿《せんさく》されるのも面倒である。

「しかし孝之助どの」

直之進はいまひとつ得体《えたい》の知れぬ父親をじっと見た。

「なにゆえ、こんなところでのんびりしているのだ。おぬしらがどこに行こうとしているのか知らぬが、さっさと先を急いだほうがよくないか」

「先ほど手前どもを襲ったやくざ者は山神一家《やまがみいっか》というのですが、あの阿呆《あほ》どもも、まさか手前どもが、襲われたすぐそばの宿場でのんびりしているとは思っていないでしょうから。とにかく、旅籠に泊まって体を休めるのが大事かと」

正直、その気持ちが直之進にはよくわからない。山神一家とやらに襲われても、はね返せるだけの腕があるならともかく、孝之助は袋叩きにされていた。

山神一家というやくざ者に狙われているのなら、一刻も早く遠ざかろうとするのが人情だと思うのだが、子供連れではそうとばかりもいかぬのだろう。

「まだこれから先が長いということか」

直之進は孝之助にたずねた。

「ええ、まあ」

微笑して孝之助が言葉を濁した。

「ところで、おぬしは大川で水垢離をしていたが、大山には行かぬのか」

孝之助が水垢離をしていたことを知らない琢ノ介と珠吉は、えっ、と驚いている。

孝之助が直之進を見て首肯《しゅこう》した。

「ええ、そういえば、湯瀬さまたちとは大川で一緒でしたね」

うれしそうに孝之助がいった。

「もちろん、大山にはまいりますよ。そのための水垢離ですから」

だが、孝之助たち親子連れの目的地はもちろん、大山ではないのだろう。どうやら阿夫利神社の下社には寄るつもりのようだが、その先どこに行くのか、そこまでは直之進たちに明かす気はないのだ。下手に口にして、山神一家に知られるのを恐れているのかもしれない。

――とにかく、親子で山神一家の手の届かぬ場所に逃げようとしているのはまちがいないな。

「ところで、なにゆえおぬしらは山神一家とやらから逃げておるのだ。山神一家の者らは、借金の形とかいっていたが……」

琢ノ介が孝之助にきいた。へえ、と孝之助が軽く頭を下げてみせた。

「一年ばかり前に女房が病にかかってしまい、あっしは薬代のために、借金をしちまったんです。それが、たちの悪い高利貸しでしてね。名を板知屋《いたちや》というんです」

「高利貸しの板知屋……」

その妙な名を、直之進は聞いたことはない。だが、広い江戸には高利貸しなどいくらでもいるはずだ。

「今は盆暮れではありませんので、借金逃れの大山詣というわけにもいきませんし……」

十月は、はじまったばかりだ。今年の暮れまで、まだたっぷりと三月《みつき》近くある。

「実のところ、お紺は一度、借金の形に板知屋に取られてしまったんですよ」

「ほう、そうなのか」

　そのことに興を覚えたのか、琢ノ介が相づちを打った。

「しかし手前は、なんとしてもまたお紺と一緒に暮らしたいと思いましてね、板知屋に乗り込んだんです。そして、手前はあの子を奪い返してきたんですよ」

「そいつはすごい」

「それで、山神一家に追われているのか」

　直之進は孝之助にただした。

「さようでございます」

　首を縦に振って孝之助がうつむく。すぐに思い直したように面を上げた。

「山神一家は、子分が十五人もいないようなちんけな一家ですが、板知屋から借金の取り立てを請け負っていましてね、持ちつ持たれつ、互いの関係が深いんですよ。山神一家の親分の輝造《てるぞう》は、実に執念深いたちでして、板知屋からいわれたことは忠実に守るんですよ」

　いかにも憎々しげに孝之助が吐き捨てた。

「ふむ、それで」

琢ノ介が先を促す。

「手前は板知屋に大した借金をしたわけではないんです。せいぜい一両です。それがどんどんと利子がふくらんで、二十両以上になってしまいまして……」

「それはまた阿漕《あこぎ》な金貸しだな」

琢ノ介が憤懣《ふんまん》やるかたないとの思いを露わにいった。

「ええ、そうなんです。手前は板知屋に、これまでに五両以上は返したんです。ところが、減るのは利子だけで、元金はちっとも減りやしないんです。借金を返すためだけに働く暮らしが、ほとほといやになってしまいましてね。女房も結局、病で死んでしまいましたし。それでとうとう、手前の堪忍袋の緒《お》が切れまして……」

「板知屋に乗り込み、お紺を奪い返したということか」

「はい、さようです。女房を失って、手前は怖い物なしでしたよ」

山神一家が孝之助たちを捕らえようと躍起になっているのは板知屋の命《めい》だからか。

「板知屋は商売上、なめられるのを極端に嫌っています。その面子《めんつ》に賭けても、手前を捕まえるつもりでいるのだと思います」

　そういうことか、と直之進は思った。

「孝之助どの、板知屋に乗り込んでお紺を奪い返すという真似までしたのだったら、やはりさっさと遠くへ逃げたほうがよくないか」

　直之進は孝之助に忠告するようにいった。

「もちろん、そのほうがよいことは手前もわかっているんですよ。でも、さすがに今日はお紺が疲れてしまいましてね」

　それはそうだろうな、と直之進は思った。

　ここ下鶴間宿は江戸から十里の宿場である。お紺はまだ子どもだ。足弱《あしよわ》にもかかわらず、よくここまで来られたというべきだ。大の大人でも七、八里で投宿する者がほとんどの中で、大したがんばりとしかいいようがない。

　直之進は孝之助にうなずいてみせた。

「ところで、孝之助とやら、用心棒はいらんのか」

　突然、琢ノ介が割って入った。えっ、と孝之助が声を漏らす。

「用心棒といいますと」

　孝之助が琢ノ介をしげしげと見る。

直之進に向けて琢ノ介が顎をしゃくった。

「えっ、湯瀬さまは用心棒を生業とされているんですか」

「この男、実はな、一時期、用心棒で糊口《ここう》をしのいでいたことがあるのだ」

――まったく、余計なことをぺらぺらとしゃべりおって。

腹が立った直之進は琢ノ介をにらみつけた。だが、琢ノ介は蛙《かえる》の面《つら》に水とばかりに平気な顔をしている。

「えっ、さようでございますか」

孝之助が直之進をまじまじと見てきた。

「先ほど手前どもが襲われたときの湯瀬さまの強さにはびっくりいたしましたが」

ごくりと唾を飲んだか、孝之助の喉仏が上下した。

「一時期ということは、今はもう用心棒をされていないのでございますか」

うむ、と点頭《てんとう》して琢ノ介が続ける。

「今は別の生業があるゆえ用心棒はしておらぬが、凄腕であるのはまちがいない」

「この男だ」

「凄腕というのは、まったくその通りでございましょう」

だが、孝之助はすぐに関心なさそうにかぶりを振った。

「しかし、手前どもには用心棒は頼めません」

「なにゆえだ」

意外そうに琢ノ介がきいた。

「用心棒を頼むにはお足《あし》がかかりましょう」

「まあ、そうだな。ただというわけにはいかんかな。安くはできるであろうが」

「しかし、手前どもにはそのお足がございません」

それきり用心棒の話題は打ち切りになった。

「つい長話になってしまいました。では、これで失礼いたします。おやすみなさいませ」

低頭した孝之助の手で衝立が元に戻される。

直之進は布団に横になった。

――なにか妙だ。

そんな思いが、直之進の心にはわだかまっている。

――この親子連れには、なにかまだ裏があるのではないか。

直之進はそんな気がしてならなかった。

第三章

一

闇にうずくまるように立つ徳永屋の建物をにらみつけた。

——あの中で湯瀬直之進は、今もぬくぬくと眠っておるのだろう。

あと一刻半ほどで夜が明ける。半刻前に聞いたのは八つの鐘である。

あと半刻ほどすれば、七つ立ちをする旅人の姿も見えはじめる頃合いである。

湯瀬直之進に、七つ立ちをしようという気はないだろう。

やつは昨日の疲れを癒やすために、当分のあいだ目を覚まさぬのではあるまいか。

昨日が江戸を出た初日ということで、湯瀬の体には、疲労の澱《おり》がたまりにたまっているはずなのだ。

旅というのは、体がきつさに慣れるまではかなり難儀なものといってよい。慣れてしまえば、なんということもないのだが、いくら剣術で体を鍛えているからといって、使う筋肉が異なるせいか、初日に限っては今まで感じたことのない痛みが節々に走ったりするのである。

実際、昨日、二町ほどの距離を隔てて湯瀬のあとをつけていたおのれの体にも、疲れがたまりつつある。

――だが、こんなのはすぐに回復しよう。湯瀬とは鍛え方がちがうのだからな。

自分は、体に痛みなどまったくない。今日も昨日と同様、いくらでも歩けよう。

――これから湯瀬が向かうのは……。

再び徳永屋に目を据えて、思案した。

――いや、もはや考えるまでもないのだが。

湯瀬が大事そうに木刀を携《たずさ》えていることから、まちがいなく大山の阿夫利神社だろう。

しかも、この寒くなってきた時季に、ご丁寧に大川で水垢離までしていた。酔《すい》狂《きょう》としかいいようがない。

そこまでして阿夫利神社の神になにを望むというのだろう。神頼みなど、まったく当てにならぬというのに。

とにかく、湯瀬の行く先の見当がついているからこそ、昨日は二町もの距離を置いてつけることができたのだ。

夏の終わりから盆の時季にかけてのほんの二十日間ほど、大山の山頂にある阿夫利神社の本社まで行き、木刀を奉納することが武家のみならず庶民のあいだにも流行っているという。

納太刀と呼ばれているらしいが、木刀をかついでいるところを見ると、どうやら湯瀬直之進は、その真似事をするつもりでいるようなのだ。

今の時季、阿夫利神社の下社でも、納太刀ができるのだろうか。

それとも、湯瀬はこの時季でも本社に行ける手蔓《てづる》があるのだろうか。

大山はここ下鶴間宿からなら、七里ほどの距離ではないか。

大人の男の足なら、難なく今日中に着くことができる。

大山に参ったあと、やつがどこに泊まる気でいるのか、知れない。

どこでも構わぬ、と唾《だ》棄《き》するようにつぶやいた。

その頃には、湯瀬直之進はこの世からいなくなっているからだ。

ふう、と体に息を入れた。少し腹が空いてきている。

徳永屋の中で、人の動く気配はまだしていない。奉公人たちも、まだ眠りの海をたゆたっているのだろう。それでもじきに朝餉の支度にかかるはずだ。

――奉公人が起き出す前に、あの建物に火をつけてやるか。

そんなことをちらりと思った。

――やってみる価値はあるかもしれぬ。

徳永屋は老舗の旅籠のようだ。ずいぶん古い建物で、使われている材木は、すでに枯葉のように乾ききっているだろう。

いったん火をつければ、派手に燃え上がるにちがいない。

この宿場にも火消しはいるのだろうが、田舎の火消したちには決して消せないほどの猛火に、徳永屋はまちがいなく包まれよう。

湯瀬直之進という男のせいで、繁盛《はんじょう》している旅籠がなすすべもなく燃え落ちるのだ。しかも、阿夫利神社の分社で行われた祭礼の翌朝の出来事である。

それもまた一興だろう。

建物が焼け落ちるだけではない。旅の疲れでぐっすりと眠りこけている客も少ない。

なくないはずだ。

あまりに火の回りが早すぎて、逃げ遅れて焼死する客も出てくるにちがいない。

――あるいは、湯瀬も焼け死ぬかもしれぬ。

いや、とすぐにかぶりを振った。

――湯瀬という男が、そんなにたやすく死ぬたまであるはずがない。

百人のうち九十九人が死んでも、たった一人、生き残るような男なのだ。

――やつはとにかくしぶといのだ。

ぎり、と音がした。

――なんだ。

あたりを見回したが、まだ暗く、誰もいない。すぐに、自分の口から発せられた音であるのに気づいた。

湯瀬のことを考えたら、悔しさが募ってきて、我知らず奥歯を嚙み締めていたのだ。

ふう、と息を吐き出し、気持ちを落ち着けようと試みた。

――ふむ、やつのせいで人が死ぬか……。

それもよいな、と思った。

もしそれがうつつのものになったとき、湯瀬はいったいなにを思うのだろう。

――いや、やつはなにも思うまい。

人がどうなろうと、知ったことはない。湯瀬直之進とはそういう男なのだ。

――必ずこの世から除いてやる。

改めて決意を胸に刻みつける。

そうしなければ、どうにも腹の虫がおさまらない。湯瀬を屠《ほふ》らなければ、この先、生きていける気がしないのだ。

――湯瀬をあの世に送る前に、やつが大事にしているものは傷つけぬと気が済まぬ。

秀士館の門人の何人かを半殺しにしたのは、手はじめに過ぎない。

二

ごそごそと音がしている。

――なんだ。

寝床に横たわったまま、直之進は薄目を開けた。

すぐ隣に、かがみ込んでいるらしい影が見えている。

影は、ずんぐりとした体つきをしている。

——なんだ、琢ノ介か。

なにをしているのだろう、と直之進は琢ノ介を見つめた。

琢ノ介は、どうやら着替えをしているようである。寝間着を脱ぎ、旅用の着物を着ているようだ。

部屋はまだ暗く、刻限は夜明け前と思えるが、衝立で仕切られた孝之助たちが寝ているほうの行灯《あんどん》が灯されているらしく、ほんのりとした明るさが、こちらのほうにまで流れてきている。

わずかに琢ノ介の横顔が照らされていた。

「もう起きたのか」

直之進は、ささやき声で琢ノ介にきいた。

「あっ、起こしてしまったか。済まん」

琢ノ介があわてて小声で謝ってきた。

「いや、寝つきは悪かったが、よく眠った。俺が目を覚ましたのは、琢ノ介のせいではない」

「それならよいのだが……」

ほっとしたように琢ノ介がいった。

昨夜は琢ノ介のいびきが地鳴りのごとく響き渡り、直之進はなかなか寝つけなかったのだが、さすがに旅の疲れがあったようで、我慢して目を閉じているうちに、いつしか眠り込んでいた。

その後は、目を覚ますことなく、今に至っている。

琢ノ介が静かに立ち上がった。

「琢ノ介、どこに行くつもりだ」

「なに、小便だ」

「小便に行くのに、着替えたのか」

「今のうちに着替えておけば、これから先が楽だな、と思っただけだ。——行ってくる」

「琢ノ介、なにがあるかわからぬ。気をつけてくれ」

「ああ、よくわかっておる」

腰に帯びた道中差を、琢ノ介が軽く叩いてみせた。障子を開け、外に出ていった。

直之進の隣で、珠吉はまだよく眠っている。不意に寝返りを打ち、健やかな寝息を立てはじめた。

――こうして俺たちよりよく眠れるなど、まこと、珠吉は若いな。

いや、そうではないのかもしれない。珠吉は昨日の疲れが直之進たちよりもひどいのではないか。

歳を重ねれば、なかなか疲れが取れなくなってくるのは当たり前のことだろう。今も眠ることで、珠吉の体は一所懸命に回復を図っているのかもしれない。

――毎朝、珠吉の顔色をしっかり見定めるという富士太郎さんの気持ちが、よくわかるな。

珠吉の六十三という歳を考えれば、一日本当にがんばれるかどうか、確かめたくなるのも無理はない。

――俺は、もう疲れが取れただろうか。

よく眠ったことで、取れたような気はするが、昨日は旅の初日ということもあり、今日になって急に足腰が痛んだりすることがあるのだ。

直之進は、寝床で足を伸ばしてみた。関節などに痛みは走らなかった。これなら大丈夫か、と少し安心した。

もう眠気はほとんど感じていないが、直之進はまた目を閉じた。こうしているほうがやはり楽だ。

孝之助とお紺の親子連れは、珠吉と同様、ぐっすりと眠っているようで、二つの穏やかな寝息が衝立越しに聞こえてくる。

二人とも、琢ノ介が外に出ていく気配に気づかなかったようだ。

ふと、衝立の向こうからなにか寝言が聞こえた。

今のはおっかさんといったのだろうか、と直之進は思った。少し甲高いが、男の声のようだった。

ということはお紺ではなく、寝言をいったのは孝之助のほうか。

いい歳をした大人でも、母親の夢くらい見るだろう。

直之進自身、長じてから母親が出てきた夢は何度か見ている。そのとき寝言を口にしたかは定かではないが、いっていたとしても不思議はない。

――男にとって、母親というのは永遠の存在だからな。

そういえば、と直之進は気づいた。お紺の声を、これまで一度も聞いていない。

いや、そうではない。昨日、孝之助たちが山神一家に襲われたとき、女の子らしい悲鳴を耳にしたではないか。

あれはお紺の声だろう。

だから、お紺はしゃべれないわけではないのだ。きっと無口なたちなのだろう。

そんなことを考えていたら、直之進は空腹を覚えた。これは眠れぬ、と思った。

――さて、いま何刻だろう。

さすがに七つは過ぎたのではあるまいか。すでに、早立ちの客が立てているらしい物音が聞こえてきているのだ。

改めて耳を澄ましてみると、徳永屋の奉公人たちも働きはじめているようだ。朝餉の支度に取りかかっているのだろう。

朝餉が供されるのは、どんなに早くとも明け六つ頃であろう。あと半刻は優にあるのではないか。

――朝餉ができるまで、空腹を我慢してもう一度、眠るほうがよいだろうか。

だがすぐに、それも芸がないな、と思い直した。

直之進は、少ししびれている右手で左腕に触れてみた。

最近は、右半身を下にして左腕をかばうようにして眠っている。

そのために、起きた直後は体の下敷きになっていた右手がしびれていることがよくある。

——やはり、左腕はあまりよくなっている気がせぬな。

右腕とくらべ、左腕だけが、ずんという重みを感じるのだ。

——信玄公の隠し湯である中川温泉が効いてくれたらよいが……。

きっと治るにちがいない、と直之進は思った。こうして大山詣に出たということは、中川温泉に行って左腕を治すようにと、天が差配《さはい》してくれたにちがいないからだ。

——きっとよくなる。

直之進は自らに強くいい聞かせた。

それにしても、とすぐに思った。頭の中で考えが次々に飛んでいく。

——門人たちを半殺しの目に遭わせた頭巾の侍は、いったい何者なのか。

これまで何度も考えを巡らせたが、こやつこそが下手人だと確信できるような男は浮かんでこない。

湯瀬直之進によろしくいっておけ、という捨て台詞からして、直之進の知った者であるのはまちがいないだろう。

頭巾の侍の訛りがどこのものなのか、わかれば見当のつけようもあるのだろうが、それすらもはっきりしないのでは、特定のしようがないのだ。

昨日、両国の大川端でそれらしい侍の姿を見たのが最後で、それ以降、姿も見ていないし、眼差しも感じていない。

だがまちがいなく俺のそばにいる、と直之進は確信している。

頭巾の侍は、直之進が大川で水垢離をしていたところを見ただろうし、その際に木刀を水で清めたのも目の当たりにしているだろう。

――俺の行き先が大山であることを、頭巾の侍は知っているはずだ。

だから、姿を見せたり、気配を露わにしたりする必要はないのだろう。

気配を感じさせない距離を隔《へだ》てて、つけてきているにちがいない。

直之進は一刻も早く、頭巾の侍の正体を暴《あば》きたくてならない。

そのときは、だいぶ近づいてきているのではないか。

直之進はそんな気がしている。

三

ああ、さっぱりした、と独りごちた琢ノ介は、扉を開けて廊下に出た。

朝一番の小便はなにゆえこんなに気持ちがよいのだろう、と思いつつ琢ノ介は廊下をずんずんと歩いた。

——どうやら疲れはないな。足の痛みも消えておる。一晩寝ただけでがらりと変わるとは、わしもまだまだ若いではないか。

琢ノ介はご満悦《まんえつ》である。

おや、とつぶやき、鼻をくんくんさせた。

——もう飯を炊《た》いておるのか。

あたりに漂っているのは、炊飯のにおいである。早立ちの客に持たせる握り飯のために、早くに飯を炊いているのだろう。

その飯のにおいに誘われたらしく、腹の虫が鳴いた。

——ああ、早く飯にならんかな。

あと半刻ほどで、明け六つになるのではないか。朝餉が供されるのは、多分そのくらいの頃合いだろう。

——しかし、このにおいはたまらんな。

このままここに居たら、我慢がきかなくなってしまう。部屋に戻ろうとして、琢ノ介は足を止めた。

部屋に戻っても、珠吉や孝之助、お紺親子はまだぐっすりと眠っている。直之進と話をして朝餉を待ちたいところだが、眠っている者がそばにいるのに、直之進と声高《こわだか》に話すわけにもいかない。

——ふむ、部屋に戻るのはやめて、ちょっと外に出てみるか。

そのほうが時を潰すのによさそうだ。

なんといっても、下鶴間宿は初めてである。今日という日を逃したら、二度と訪れることはないのではないか。

江戸への帰りにまたこの道を通るだろうが、泊まりは別の宿場になるかもしれない。あるいは、大山街道ではなく東海道を復路とすることも考えられる。

——一期《いちご》一会《いちえ》という諺もあるしな。

出会いというのは一生に一度しかない機会だと考え、全力でおのれの意を尽くす意味だと、琢ノ介は聞いたことがある。

——よし、下鶴間宿がどんなところなのか、悔いのないように、とっくりと見てみることにしよう。

昨夜、琢ノ介は阿夫利神社の分社の祭りを見物に行きたかったのだが、さすがに江戸から十里ばかりも歩いてきて、体は疲れ切っていた。それで、祭りはあきらめて、寝《しん》に就《つ》いたのである。

指矩《さしがね》のような形の廊下を回り込んで、琢ノ介は徳永屋の出入口の近くにやってきた。

土間近くの床には、火の入った大きな行灯がいくつも置かれており、旅籠内はだいぶ明るくなっている。

早立ちの客が何人か、出入口にかかった大きめの暖簾を払って、まだ暗い外に足早に出ていく。

徳永屋の奉公人が、ありがとうございました、またお待ちしております、と丁寧に声をかけていた。

「あっ、おはようございます」

帳場からごま塩頭の番頭らしい男が出てきて、琢ノ介に挨拶した。

「ああ、おはよう」

「お客さま、ご出立でございますか」

「いや、そうではない。朝餉ができるまで、ちと散策に出ようと思っているのだ」

「ああ、さようでございますか」

「阿夫利神社の分社というのはどこにある」

塚ノ介は番頭らしい男にたずねた。はい、と男がいった。

「外に出られたら、大山街道を左に進んでください。二町ほど行かれますと、右手に、赤い鳥居がございます。そこが阿夫利神社分社の入口になっております」

「目印は赤い鳥居だな。親切にかたじけない。では、行ってくる」

「お気をつけて。――あの、まだお日さまは昇っておりませんが、よい天気のようにございます。ただし、涼しいを通り越して、もう寒いくらいですので、風邪を召されませんようご用心ください」

男にいわれて初めて塚ノ介は、今朝はけっこう冷え込んだのだな、と思った。

――それに気づかなかったのは、昨日、冷たい大川の流れに浸かったからかな。

塚ノ介は北国に生まれ、そして育った。故郷から江戸に出てきたのは、五年前の秋のことだった。

当初は、まるで夏が居座っているかのように江戸の秋は暑く感じられ、ほかの者が皆、厚着をしているのに、自分だけは小袖《こそで》一枚だけで過ごした。

今朝の寒さをものともしていない自分は、あのときと似た感じなのだろうか。

もっとも琢ノ介自身、今はすっかり江戸の秋を暑いとは思わなくなった。

――いや、むしろ、今ではほかの者よりも寒がりかもしれんな。

宿の草履《ぞうり》を借りて、琢ノ介は徳永屋の外に出た。

番頭らしい男が一緒に出てきて、宿の提灯を貸してくれた。

「ああ、こいつはありがたいな」

笑顔で琢ノ介は借りた。

「あの、一応、お名をいただけますか」

番頭らしい男が申し出てきた。

「ああ、わしは米田屋琢ノ介という」

宿帳にも、その名を書いている。平川《ひらかわ》という名字を使わなくなって久しい。

「わしの連れは、湯瀬直之進と珠吉の二人だ」

「はい、承知いたしました。ありがとうございます」

腰を折った番頭らしい男に琢ノ介は軽く頭を下げて、徳永屋と記された提灯を掲げて歩き出した。

表はまだ暗く、宿場には街道沿いに煌々《こうこう》と明かりが灯されている。

大山街道を東に向かって歩きながら琢ノ介は、この宿場の裕福さを感じ取った。

昨日、到着したときも思ったが、下鶴間宿はやはりかなり盛《さか》っている宿場なのだ。

江戸から十里ばかりのところに、こんな宿場町があることを、琢ノ介はこれまで知らなかった。

大山に行くことになって、大山街道という道があることも、初めて知ったくらいである。

街道沿いに連なる建物の背後は、林になっているようだ。背の高い木々が、家々の屋根に覆いかぶさるように見えている。

林は木々の吐き出す香気《こうき》のせいで少し暖かいのか、霧が出てきているように見える。

どこかけぶったような感じで、琢ノ介はまるで幻の景色を眺めているような心持ちになった。

——わしに絵心があれば、この風景を絵にできるのだが……。

絵は正直いって、下手くそなのだ。

——そういえば、直之進も絵は下手だったな。あやつは、わしとは比べものにならんほど下手だった。

ふふ、と琢ノ介の口から笑いが漏れた。

琢ノ介は用心棒仕事で一緒だったとき、暇潰しに直之進に馬の絵を描かせたことがある。

それが犬にしか見えず、琢ノ介は仕事中にもかかわらず大笑いをしたものだ。

——直之進と仕事をしているときは、実に楽しかったな。

むろん、命の危険にさらされることも数えきれないほどあったが、暮らしに張りがあったように思える。

今は今で口入屋の仕事に一所懸命に励んでおり、充足していないということは決してないが、やはりどこか物足りなさを覚えているのは事実だ。

もしこの思いを先代の光右衛門に知られたら、こっぴどく叱られるのはまちがいない。

いよ。

――しかし舅どのも、四六時中、仕事にやり甲斐を感じていたわけではあるまい。どうにも張りをなくしたときもあっただろう。それをどうやって乗り越えたのだろうか。

やはり、血のつながった我が子がいたのが大きかったのだろうか。

光右衛門には、おあき、おれん、おきくという三人の娘がいたが、その三人の娘たちが生き甲斐となって、仕事に精を出していたのかもしれない。

――わしはどうだろう。生き甲斐というほどの者はおるかな。

琢ノ介は、おあきの連れ子である祥吉のことはかわいくてしようがない。祥吉のためなら、大袈裟でなく命を捨てられる。

もし祥吉が重い病にかかり、代わりに琢ノ介が命を差し出すことで祥吉を助けられるのなら、躊躇《ちゅうちょ》なく命を投げ出す覚悟がある。

だが、それでも、やはり実の子がほしいという思いは止められない。

直之進と一緒に大山詣に出たおかげで、時季外れだというのに、阿夫利神社の本社に入れることになった。

これも、と琢ノ介は思った。阿夫利神社との縁にちがいない。

一期一会という言葉を噛み締めて一心不乱に拝めば、きっと子宝に恵まれるのではないか。

塚ノ介に阿夫利神社のことを教えてくれた若生屋の優助とお知代も、大山詣をしたおかげで、跡継ぎである優一郎という子宝に恵まれたではないか。

——きっと大丈夫だ。

深くうなずいて塚ノ介は、阿夫利神社の分社を目指して歩いた。

徳永屋から二町ほど行くと、番頭らしい男がいった通り、左手に赤い鳥居が立っていた。

——ふむ、ここが阿夫利神社の分社か。

昨夜の祭りの名残《なごり》か、注連縄《しめなわ》とおぼしき縄が、あまり広いとはいえない境内《けいだい》に巡らされている。

昨夜ここで祭りが行われたのはまちがいないのだろうが、近在から大勢の人が泊まりがけで来るというのが、にわかには信じがたいほど、小さな神社である。

まだあたりは暗いが、境内に入らずとも、すでに本殿らしい建物がすぐ脇に見えていた。

せっかくだから、塚ノ介は参拝しようと考えている。ここまで来て、なにもせずに戻るわけにはいかない。

鳥居をくぐろうとして、むっ、と琢ノ介は足を止めた。

ふと、どこからか誰かに見られているように感じたのだ。

粘つくような目だ。

なんだろう、と琢ノ介はいま自分が来たほうに提灯を向けて見やった。

――ふむ、誰もおらんな。

まだ暗い宿場がずっと続いているだけだ。早立ちの旅人の姿も今は見えない。

――わしの勘ちがいだったか。

改めて足を踏み出し、鳥居をくぐろうとして、琢ノ介ははっとした。

――今なにか見えなかったか。

琢ノ介はすぐさま東側に目を向けた。

ぎくりとした。十間ほど先の闇が寄り集まったようなひときわ暗い辻に、頭巾をかぶった侍が立っていたからだ。

まるで亡霊でも目の当たりにしたかのように背筋が冷えた。

――な、なんだ、あの侍は。なにゆえ、あんな暗がりに立っておるのだ。なんとも薄気味の悪い。あっ。

琢ノ介はようやく気づいた。

──もしや、直之進がいっていたのは、あの侍ではないか。

だとすれば、やはり頭巾の侍は、大山詣に向かう直之進をつけてきたのだ。

──あの男、わしを襲う気か。

だからここまでついてきたのか。

ということは、徳永屋は張られていたのだ。

もっとも、今のところ、殺気らしいものは感じない。

それでも、琢ノ介は腰の道中差の柄に手を置いた。油断は禁物だ。

あの侍に直之進や倉田が鍛え上げている秀士館の門人たちが、なすすべもなく半殺しの目に遭わされたのだ。

今は近くにいないからといって、気を緩めるわけにはいかない。十間の距離など、足の運びであっという間に詰めてくるだろう。

琢ノ介は刀を久しく握っていないし、振ってもいない。

だが、それでも、けっこうやれるのではないか、と安気《あんき》に考えている。

馬には久しぶりでも乗れるのだ。それと同じで、刀だってろくに稽古をしていなくとも、体が技を覚え込んでおり、そうたやすく衰えることはないのではないか。

　――来るなら来い。

　琢ノ介が腹に力を入れて見つめ返すと、それを合図にしたかのように、頭巾の侍が滑るような足取りでこちらにやってきた。

　その物腰を見て、琢ノ介は瞠目した。

　――まずい、これはとんでもない遣い手だぞ。

　琢ノ介は、そのことをはっきりと知った。用心棒をしていた頃に、これと同じ思いを味わったことがあるのだ。

　そのときの敵も、恐ろしいほどの遣い手だった。

　背筋を戦慄が走り、体がこわばったのを琢ノ介は感じた。

「おい、きさま」

　一間ほどまで寄ってきた頭巾の侍が、琢ノ介に呼びかけてきた。

　どこか訛りがあるな、と琢ノ介は頭巾の侍を見つめて思った。頭巾のせいで声がくぐもっていることもあるのだろうが、ひじょうに聞き取りにくい。

　――これはいったいどこの訛りだろう。

　そういえば、と琢ノ介は冷静に思い出した。

——頭巾の侍の訛りのことを、直之進は気にしておったな。

「きさまは湯瀬の縁者か」

両眼を琢ノ介に据えて、頭巾の侍がきいてきた。その目は、明らかに敵意に満ちている。

「湯瀬直之進の友垣《ともがき》だ」

胸を張って答えた琢ノ介は、道中差を引き抜きたい思いに駆られた。

だが、抜いたところで勝ち目はない。そのことをすでに覚っている。

やるだけ無駄というやつだ。

——こんなに強い男は、直之進と倉田を別にして久しぶりに見たぞ。やはり世の中は広いのだな。

これだけの遣い手がもしその気になれば、と琢ノ介は思った。

——わしなど、一瞬であの世に送られてしまうだろう。

ならば、と琢ノ介は腹を決めた。

——ここは、無理に抗《あらが》わんほうが得策ではなかろうか。

そうしよう、と琢ノ介は決意した。

抵抗せずとも手ひどい目には遭わされるかもしれないが、先日襲われた秀士館の門人たちも、命にかかわる怪我は負っていないと直之進はいっていたではないか。命を取られるまでのことはあるまい。

この侍は、直之進と縁のある者に嫌がらせをして意趣晴らしをしているだけで、それ以上のことはしないのではないか。

——こやつが本気を出すつもりでいるのは、直之進に対してだけだろう。

そのときは、直之進の命を取る気なのか。

こんな凄腕の侍に狙われるとは、直之進はいったいなにをやらかしたのか。なにか諍いでもあり、うらみを抱かれたのはまちがいないだろう。

——ただやられるだけではつまらんから、直之進のためにも、そのことをなんとしても探らんとな。殴られ損になるのだけは避けねばならん。

心密かに琢ノ介は決意した。軽く息を入れて、頭巾の侍をじっくりと見た。

——ふむ、わしは存外に平静だな。

これだけの遣い手を目の前にしているにもかかわらず、気持ちは凪《な》いでいるのだ。

考えてみれば、用心棒をしているときも、いきなり逃げるような真似はしなかった。勝ち目がないと踏んでも、冷静に襲撃者に対したものだ。

端から及び腰にさえならなければ、どんな強敵であろうと、やられることはなかった。

そういうことが続き、直之進はしぶとい剣を遣う琢ノ介に背後を任せてくれるようになったのである。

——とはいっても、こやつ相手には剣ではまったく歯が立たんだろう。守りに専念しようとしても、わしの力では凌ぎきれまい。

だが、とすぐに琢ノ介は思った。

——口では決して負けんぞ。

「おい、きさまは何者だ」

頭巾の侍に向かって琢ノ介は言葉を投げた。

「湯瀬にうらみを持つ者だ」

間髪を容れずに頭巾の侍が答えた。やはりそうなのか、と琢ノ介は思った。訛りのせいで言葉が少し聞きづらい。琢ノ介は少し前に出た。

「どんなうらみだ」

きかれて、頭巾の中の眼がゆがんだ。それを琢ノ介は、はっきりと見た。

「やつのせいで、俺は落ちぶれることになったのだ」

憎々しげに頭巾の侍がいった。

「きさまが落ちぶれたのが、直之進のせいだというのか」

旅塵《りよじん》にまみれてはいるものの、侍の身なりは悪くない。

しかも、着流し姿ではなく、袴も穿いている。腰には脇差も帯びており、浪人という体ではなかった。

「その通りだ」

ふふん、と琢ノ介は頭巾の侍を見据えてせせら笑った。

「それはちがうな。落ちぶれたのは、誰のせいでもない。きさまのせいだ」

決めつけるように琢ノ介はいった。頭巾の侍がぎらりと両眼を光らせた。

「わしが自ら落ちぶれたというのか」

「そうだ。直之進は関係なかろう」

「いや、大いに関係あるぞ」

かぶりを振って頭巾の侍がいった。

「ならば、きさまは直之進とどんな因縁があるというのだ」

ふっ、と頭巾の侍が息をつき、眼の力を和らげた。

「わしの素性調べか」

見抜かれたか、と琢ノ介はほぞを噛んだが、顔には笑みを浮かべた。

「ほう、よくわかったな。それで、おぬしは何者なのだ」

ふん、と頭巾の侍が鼻を鳴らした。

「きさまなどに教える気はない」

「けちだな」

「それは昔からよくいわれてきたが、正直、気分のいいものではないな」

またも頭巾の侍の目がぎらりと光を帯びた。このとき琢ノ介は、初めて殺気を感じ取った。

——来るか。

腰を低くして琢ノ介は身構えた。

だが、頭巾の侍はその場を動かない。まだやる気がないのを覚って、琢ノ介は軽く息をついた。

「おぬし、歳はいくつだ」

しかし、頭巾の侍は答えようとしない。

「流派はなんだ」

これにも答えはなかった。

「その誂りはどこのものだ」

無駄かと思いつつ、琢ノ介はさらに問うた。

「きさま、ずいぶんとあからさまにきいてくるものよな」

「遠慮しても、しようがあるまい」

「それはそうだ」

頭巾の侍が琢ノ介を見つめてくる。

「いろいろと問うてきたが、わしの正体を知るのに、なにか得るものがあったか」

「いや、なにもない」

琢ノ介としては、直之進に頭巾の侍が何者なのか、知る手がかりを持って帰りたいと考えているのだが、今のところ、本当になにもないのだ。

夜が明けつつあるようで、あたりはほんのりと明るさを帯びてきている。今まで暗くてなにも見えなかったところが、わずかながらも見通せるようになった。

どこかで鶏がけたたましく鳴いた。それに合わせるように、犬の遠吠えも尾を引くように聞こえてきた。

四人連れとおぼしき旅人が、琢ノ介たちのそばを通り過ぎていく。琢ノ介と頭巾の侍が知り合い同士とみたのか、別に不審そうな目を向けてはこなかった。

「そろそろやるか」

頭巾の侍がつぶやくようにいった。

「わしは行かねばならぬ」

「どこに行くのだ」

「腹が空いた。朝餉だ」

「それはわしも同じだが、おぬし、旅籠に泊まっているのか」

琢ノ介がいうと、頭巾の侍が足を踏み出してきた。

「旅籠になど泊まっておらぬ。ふむ、そうだな、朝餉の前に、きさまも同じ目に遭わせてやろう」

「同じ目だと……」

「秀士館の門人と同じ目だということだ。安心しろ、きさまなど斬るのはたやすいが、斬りはせぬ」

「なにゆえ秀士館の門人たちと同じ目に遭わせるというのだ」

「湯瀬直之進が憎いからに決まっておろう。湯瀬に縁ある者は皆、叩きのめしてやるのだ。わしと同じように、不幸のどん底に突き落としてやる」

「不幸のどん底だと。おぬし、どんなうらみがあるのだ。わしに話してみろ」

「うるさいっ」

頭巾の中で顔をゆがめ、侍が怒号《どごう》し、地を蹴って躍りかかってきた。拳を振りかざして、琢ノ介の顔を殴りつけようとする。

ぶん、と風を切って迫ってきた拳を、琢ノ介は手にしていた提灯を振ってかわそうとした。

頭巾の侍の拳は提灯を叩き、琢ノ介の手からはね飛ばした。

頭巾の侍がまたも拳で琢ノ介の顔を狙ってきた。かがみ込むことで、琢ノ介はぎりぎりかわした。

だが、二撃目の拳は見せかけに過ぎなかったようだ。頭巾の侍は、琢ノ介の襟を取り、琢ノ介の体をぐいっと引き寄せたのである。

琢ノ介はさらに右腕を手繰《たぐ》られ、頭巾の侍にがちっと袖をつかまれた。

その瞬間、頭巾の侍が琢ノ介を腰に乗せ、投げ飛ばそうとした。

——こいつは柔《やわら》も使うのか。

仰天したが、琢ノ介は全身に力を入れ、その投げをこらえた。

だが、今度は素早く足を払われた。右膝が折れ、琢ノ介の体ががくんと傾いた。

琢ノ介は、おのれの体勢が完全に崩れたのを知った。

その瞬間を見逃さず、頭巾の侍はさらに投げを打ってきた。

今度はこらえられなかった。琢ノ介の体はあっさりと浮き、頭巾の男の腰に乗った。

あっ、と思った瞬間、琢ノ介は宙を舞っていた。その直後、どしん、と盛大な音を聞いた。

琢ノ介が腰から地面に叩きつけられた音だった。

——い、痛《いて》え。

琢ノ介は息が詰まり、地面に仰向けになったまま、身動きができなくなった。

喧嘩だ、喧嘩だぞ、とあたりから声が聞こえてきた。

痛みをこらえ、身をよじって琢ノ介は必死に立ち上がろうと試みた。だが、腰のあたりに、これまで味わったことのないような鋭い痛みが走った。

——ううっ。

四つん這いになった琢ノ介はうめき声しか出ない。

見上げると、目の前に影が立っていた。拳が振るわれる。

がつ、と音がし、次の瞬間、目の前に火花が散った。次いで、顎に猛烈な痛みがやってきた。

琢ノ介は、顎を殴られたのを知った。地面をごろりと転がり、また仰向けに倒れた。

そこを、頭巾の侍が琢ノ介に馬乗りになってきた。頭巾からのぞく眼が、まるで舌なめずりしたように見える。

それを見て、琢ノ介はぞっとした。

――こやつ、気が触れておるのではないか。

これまで真剣での戦いの場数を数多く踏んできた琢ノ介も、さすがに恐怖を覚えた。

馬乗りになった頭巾の侍が、拳を大きく振り上げた。

琢ノ介は何発も顔を殴られた。

――わしはここでお陀仏《だぶつ》かもしれん。

頭の中に、おあきと祥吉の顔があらわれた。顔をゆがめて、こちらを見ている。

こたびの旅の本当の理由を、琢ノ介は二人には告げていない。

――そのせいだろうな。

殴られつつ、琢ノ介はそんなことをぼんやりと思った。

おあきと祥吉には、さらなる商売繁盛のために大山詣に行くといったのだ。

今回の旅の一番の目的は子宝祈願だが、米田屋の商売がもっと大きくなるようにという願いも琢ノ介は持っているのだ。

欲張りかもしれないが、二つの願いを阿夫利神社には叶えてもらおうと思っていたのである。

だから、おあきたちには決して嘘をついたわけではないが、琢ノ介にはすべてを正直にいわなかったという、後ろめたさがあった。

いくつかの取引先にも無理をいって、商談の日延べをしてもらった。

――全部を正直にいわなかった報いが、これなのだ。

頭巾の侍に殴られすぎたのか、もう痛みは感じない。

不意にはっとし、琢ノ介は我に返った。ほとんど気絶しかけていたようだ。

――わしは、こんなところで死ぬわけにいかんぞ。

見ると、さすがに殴り疲れたのか、それとも琢ノ介の様子を観察しているのか、頭巾の侍は手を止めていた。

全力を振り絞って琢ノ介は、体に乗っている侍を押しのけ、起き上がろうとした。

「なんだ、まだ起きる力があるのか。しぶとい野郎だ、食らえっ」

琢ノ介は、またしても強烈なげんこつを食らった。

こめかみにきたこの一撃が、これまでで最も効いた。

一瞬で意識が飛び、琢ノ介は眼前が真っ白になった。

その直後、舞台が暗転したかのように真っ暗になったのを感じた。

四

誰かの悲鳴を聞いたような気がした。

はっ、として直之進は目を開けた。

——いま俺は眠っていたのか。

うつらうつらしていたのは、まちがいない。

なにかいま夢を見ていたような気がするのだが、もう覚えていない。

部屋の中には朝の光がわずかに入り込んでいるようで、先ほどよりも明るさが少しだけ増していた。

――明け六つが近いのだな。

おや、と直之進は声を漏らした。

隣の寝床に、琢ノ介の姿がないのだ。

――確か、厠に行くといっていたが……。

反対側の布団を見る。珠吉は布団をかぶり、まだぐっすりと眠っている様子だ。

――素晴らしい眠りの深さだな。

おや、と直之進は再び声を漏らし、珠吉の布団をじっと見た。

――珠吉は息をしているのか。

琢ノ介の身も案じられるが、珠吉のことも気にかかった。

改めて珠吉の布団を見る。上下に動いているようには思えないのだ。

珠吉の右の手首が布団からわずかに出ているのに、直之進は気づいた。

布団の上に起き上がって右手を伸ばし、直之進は珠吉の手首に触れてみた。

だが、珠吉はぴくりとも動かない。

しかも、珠吉の手はひどく冷たい。まるで死人のようだ。

珠吉の手をそっと放して、直之進は眉根を寄せた。うーむ、と心中でうなる。

——まさかとは思うが、死んでしまっているわけではあるまいな。

ごくりと唾を飲み、腰を浮かせた直之進は、布団のあいだからのぞいている珠吉の頭をじっと見た。

息をしている気配は、まったく感じられない。嘘だろう、と直之進は思った。

——ちと、珠吉の体を揺すってみるか。

それでもし起きなかったら、ただちに医者を呼びに行かなければならぬ。

布団の上から珠吉の体を揺り動かそうとした。

だがその寸前、ううぅ、と珠吉がうめくような声を上げた。

びっくりし、直之進は後ろにさっと飛び退いた。

——ああ、生きていたか。

安堵の思いが全身を包み込んだが、すぐに、今のうめき声はなんだ、と直之進は訝った。

ううぅ、といいながら珠吉は寝床で伸びをしている。

ふう、と直之進は盛大なため息をついた。

――毎朝、珠吉の顔色を確かめる富士太郎さんの気持ちが、よくわかるな。

直之進のため息に気づいたか、珠吉が目を開けてこちらを見た。

「あ、あれ、湯瀬さま。もう起きていらしたんですかい」

布団をはねのけて、珠吉があわてて起き上がる。

「おはようございます」

布団の上に端座し、珠吉が挨拶してきた。

「おはよう、珠吉」

直之進はできるだけ明るい声を出した。

「あの、湯瀬さま、どうかされたんですかい。お顔の色があまりよくありませんが」

「ああ、いや、なんでもないのだ」

珠吉を見返して、直之進は微笑した。

「今から厠に行こうとしていただけだ」

実際にかなりの尿意を催《もよお》している。

「実は、けっこう切羽詰《せっぱつ》まっておってな」

「ああ、でしたら、あっしも同じでさ。お供しますよ」

立ち上がろうとして珠吉が、直之進の隣の布団を見る。

「あれ、米田屋さんはもう起きられたんですね。厠ですかい」

「うむ。だいぶ前に厠に行ってくると出ていったきり、戻ってこぬのだ。散策にでも出たのかもしれぬが、ちょっと心配でな」

「さようですねえ」

「では珠吉、まいろう」

珠吉をいざなって直之進は立ち上がった。刀架にかけておいた刀を手に取る。

直之進たちの一連の話し声と物音で、孝之助とお紺の二人も目を覚ましたようだ。

「おはようございます」

衝立の脇からのぞくようにして、孝之助が直之進たちに頭を下げてきた。直之進たちも返した。

「厠に行かれるんですか」

「そうだ」

「では、あっしも行かせていただきます」

「お紺ちゃんは」

「娘だからか、あっしと一緒に厠に行くのはいつもいやがりますんでね」

「ああ、そうなのか」

――やはり、娘というのは、いろいろ難しいものなのだろうな。

金目の物は身につけて、直之進たちは三人で建物の端にある厠に行った。

用を足して三人で部屋に戻ったが、やはり琢ノ介は帰ってきていなかった。

そういえば、と直之進は思いだした。

――先ほどうたた寝から目を覚ましたのは、琢ノ介の悲鳴が聞こえた気がしたからではないか。

むう、と直之進はうなり声を上げそうになった。

「じき朝餉だろうが、珠吉、胸騒ぎがするゆえ、ちと外を見てくる」

「えっ、胸騒ぎですかい」

目をみはって珠吉が直之進を見る。

「それなら、あっしも行きますよ。手分けして捜したほうが早いでしょう」

「いや、珠吉はここにいてくれ。行きちがいになりたくはない」

「ああ、さようですね」

珠吉が納得したような声を出した。

部屋を出た直之進は手にしていた刀を腰に差し、廊下を歩いて徳永屋の出入口に向かった。

「あっ、おはようございます」

出入口近くまで行くと、番頭らしい男が直之進に寄ってきた。

「ご出立ですか」

「いや、連れの者を捜している。半刻ほど前に部屋を出て、戻ってこぬ」

「あの、お連れさまはなんというお方ですか」

「米田屋琢ノ介だ」

「米田屋さんでしたら、確かに半刻ほど前に出ていかれましたが、まだお戻りではありませんでしたか」

「うむ。どこに行ったかおぬし、わかるか」

「はい、米田屋さんは阿夫利神社の分社への道を手前にきかれました」

「昨晩、そこで祭りがあったな。その分社はどこにある」

道を教えてもらった直之進は大山街道を東に向かって足早に歩き出した。

――琢ノ介の身になにもなければよいが。

すぐに歩いているのでは我慢できなくなり、直之進は走り出した。

一町ほど先に人だかりがしているのが見えた。

――あれはなんだ。

なにか騒動が起きているようだ。

――まさか琢ノ介絡みか。

駆けつつも、用心のために鯉口《こいぐち》を切った。

人だかりの背後に直之進はやってきた。

「通してくれ」

人だかりをかき分けて直之進は前に進んだ。人垣が切れると、頭巾の侍が男にのしかかっているのが見えた。

――あの侍は……。

まちがいなく秀士館の門人たちを半殺しの目に遭わせた者であろう。

頭巾の侍の下になっているのは、琢ノ介である。

あっ、と声を発して直之進が見ると、琢ノ介は顔から血を流していた。

「琢ノ介っ」

叫んで直之進は駆け寄った。

頭巾の侍が直之進に気づき、おっ、という目をするやいなや、琢ノ介の上から飛び退《の》き、素早く刀の柄に手を置いて身構えた。

——こやつは誰だ。

見覚えのある者の目かどうか、直之進は見極めようとした。

腰を低くして、頭巾の侍が直之進をねめつけてくる。

直之進は、頭巾の侍の目をじっと見た。

見覚えがあるような気は確かにする。だが侍の正体は判然としない。

——目だけでは、わからぬ。

直之進を斬る気になったのか、頭巾の侍から殺気が放たれはじめた。刀をすらりと抜くや、正眼に構える。

おう、とまわりに集まった野次馬たちからどよめきが起きる。

——この構えに見覚えはないか。

直之進も抜刀した。左腕に走った痛みをこらえ、目を凝らして侍の構えを見つめる。

どこにも特有の癖らしいものは見えない。すごい遣い手であるのは確かで、その上、剣を学ぶ者の手本となりそうな素晴らしい構えである。

――では、この侍の気はどうだ。

頭巾の侍から発せられる殺気で、正体がつかめるのではないか、と直之進は考えた。

だがそのとき、宿場《しゅくば》役人が来たぞ、という声が野次馬のほうから上がった。

それが耳に届いたようで、侍が、ちっ、と舌打ちした。

頭巾越しではあったが、直之進にはそれがわかった。

刀尖を下にだらりと下げるや、頭巾の侍が袴の裾を翻して、駆けはじめた。

その方向にいた野次馬たちが、うわあ、と悲鳴を上げてあわてて横にどく。

人垣を割った頭巾の侍は赤い鳥居をくぐり、阿夫利神社の分社と思える社《やしろ》の境内に駆け込んでいった。

その姿は、直之進からあっという間に見えなくなった。

頭巾の侍が戻ってこないのを確かめてから、直之進は刀を鞘にしまった。

「琢ノ介、大丈夫か」

すぐさましゃがみ込んで、直之進は地面に倒れ込んでいる琢ノ介に声をかけた。

琢ノ介は気を失っているようだ。顔は腫れ、口元も切れているが、大した怪我をしているようには見えなかった。

　そのことに直之進はほっとした。

「琢ノ介っ」

　直之進は右手で軽く琢ノ介の頰を叩いた。叩き続けていると、はっ、となって琢ノ介が目を開けた。

　うおっ、と獣のような声を発して琢ノ介が上体を勢いよく起こし、げんこつをかざして直之進を殴りつけようとした。

「待て、琢ノ介」

　右手を上げて、直之進はすぐさま琢ノ介を制した。

「あっ、直之進ではないか」

　目を瞠った琢ノ介が拳を下ろす。

「琢ノ介、どこか痛むか」

「こめかみを殴られた。そこが痛い。あとは顎も痛いな。直之進、骨が折れてはおらぬか」

　直之進は苦笑を漏らした。

「それだけしゃべることができれば、骨は折れておらぬだろう。どれ、こめかみを見せてみろ」

塚ノ介が左側のこめかみを直之進に向けてきた。

「いや、殴られたのはこっちだったかな」

塚ノ介が、今度は右側のこめかみを見せようとする。

「直之進、どっちにしろ、大したことはなさそうだ。どっちなのか、もうわからぬ程度のものでしかないからな」

「それならよいが……。塚ノ介、立てるか」

しゃがみ込んだまま直之進はきいた。

「ああ、もちろんだ」

立ち上がった直之進は塚ノ介に手を貸した。ふらつきながら、塚ノ介も立ち上がる。

直之進は塚ノ介の顔をじっと見た。

「骨は無事のようだが、顎は少し腫れているぞ。それと、殴られたのは、左のこめかみだろう。少し赤くなっている」

左手で塚ノ介が自らのこめかみに触れたが、平気な顔をしている。

「塚ノ介、痛みはどうだ」

「なに、少しひりひりするだけだ」

「こめかみを拳で殴られたのだろう。それでひりひりするだけとは、ずいぶん頑丈な頭をしているのだな。相変わらず石頭だ」

「殴られたときは、あの世行きではないかと思うほど痛かったのだがな……」

「こめかみは急所だ。殴られて痛いのは当たり前だな」

「そうか、急所だったか。よし、覚えておこう。おっ、顎のほうが痛んできおった」

「血が少し出ている。これを使え」

懐から手ぬぐいを取り出し、直之進は琢ノ介に渡した。

「済まぬ。あとで洗濯して返す」

「なに、構わんさ」

顎の血を手ぬぐいで拭きつつ、琢ノ介がきょろきょろとまわりを見渡しはじめた。

「どうした」

「頭巾の侍はどうしたのだ」

「もうとっくに逃げたぞ」

そういえば、と直之進は思いだした。誰かが、宿場役人が来たぞ、といったから、頭巾の侍は消えていったのだ。

あたりから野次馬は散りつつあるが、宿場役人らしい者の姿はどこにもない。

——誰か野次馬が気を利かせて、あのようなことをいったのか。

そうかもしれぬ、と直之進は思った。

「ところで直之進、頭巾の侍は何者だ」

琢ノ介にきかれて、ふう、と直之進は深く息を入れた。

「それが残念ながら、わからぬのだ」

「なんだ、わからぬのか」

琢ノ介が顔をしかめた。

「直之進、間近で頭巾の侍を見たのではないのか」

「確かに見た。それでもわからなかったのだ」

「直之進、おぬしはまちがいなく頭巾の侍のうらみを買っておるのだぞ。自分がおちぶれたのは、直之進のせいだといっておった」

「落ちぶれただと……」

「直之進、心当たりはあるか」

「いや、さっぱりない。琢ノ介、頭巾の侍と話をしたのか」

「ああ、かなりしたぞ」

「どんな話をした」

琢ノ介が頭巾の侍とのやりとりを語った。

「俺に縁のある者すべてを、自分と同じように不幸のどん底に突き落とすといったのか」

「ああ、そうだ」

「頭巾の侍は、不幸のどん底に落ちた男ということか……」

やはりわからぬな、と直之進は思い、首をひねった。

「それから、やつは柔も遣ったぞ」

琢ノ介が言葉を重ねてきた。

「そうか。俺も遣うことは遣うが……」

「わしは柔で投げられて、地面に叩きつけられたのだ」

「ならば、腰や肩、背中は大丈夫か」

「投げられた直後は腰に激痛が走ったが、今はなんということもない」

「まことに大丈夫なのか」

案じ顔の直之進にきかれて、琢ノ介が腰をとんとんと叩いた。それから手荒に揉んだ。

「うむ、大丈夫だ。痛みはまったくない」

それを聞いて直之進は安堵した。琢ノ介が口を開く。

「頭巾の侍は、直之進に逆うらみをしているようだな」

「まあ、そうなのかもしれぬ」

「直之進、逆うらみをしてくるような侍に心当たりはないのか」

「それもまったくない」

「よいか、あの男は浪人ではないぞ。直之進も見ただろうが、薄汚れてはいたもの の、身なりはそこそこ立派だった」

「確かにその通りだ」

頭巾の侍の風体《ふうてい》を思い出して、直之進は首肯してみせた。

「かなりの禄《ろく》をいただいていた侍が、不幸のどん底に落ちたということだろう。その原因をつくったのが、湯瀬直之進という図式のようだな」

うむ、と直之進はうなずいた。

「琢ノ介のいう通りだ。だが人というのは、なにかのきっかけで誰かをうらんでしまうようにできているものだからな」

「直之進、ずいぶんと悟ったような口を利くのだな」

「なにしろ、これまでもいろいろとわけのわからぬことでうらみを抱かれ、巻き込まれてきたからな」

「嵐を呼ぶ男だから、それも仕方あるまい」

冗談めかしていう琢ノ介を、直之進はじっと見た。

「こたびは俺のせいでおぬしを巻き込んでしまい、まことに申し訳ない。この通りだ」

直之進は深く頭を下げた。

「馬鹿、直之進、こんなことで謝るな。ここまで連れてきてもらったのはわしなのだぞ。嵐を呼ぶ男と一緒なのだ、この程度のことは端から覚悟しておった。それに、直之進をつけ狙う者がいることは聞かされていたのに、まだ暗いうちに旅籠の外に出てしまったわしのほうが悪いのだ」

「そういってもらえると、少し気持ちが軽くなる。琢ノ介、済まぬ」

「まあ、気にするな。それよりも直之進、腹が減ったぞ」

「琢ノ介、いま腹が減ったといったか」

直之進は瞠目するしかない。

「いったぞ。それも当たり前だろう」

胸を張って琢ノ介がいい放つ。

「昨夜、夕餉を食べて以降、なにも腹に入れておらんのだぞ」

「血が出るほど殴られたのに、よくもそんなことがいえるものだ」

こんな目に遭ったというのに、琢ノ介はさすがに図太いとしかいいようがない。

だが、直之進はむしろ琢ノ介らしいたくましさを覚え、感心した。

「直之進、あきれておるのか」

「ちがう。俺もそんな図太さがほしいものだと思ってな」

「あげられるものなら、直之進にもくれてやるのだが」

「琢ノ介を見習い、俺も技だけでなく心胆を鍛えることにしよう。——さて、珠吉も心配しているだろう。琢ノ介、旅籠に引き上げるとするか」

「ああ、そうしよう。一刻も早く朝餉にありつきたい」

「すごい食欲だな」

「秋になると、なぜか腹が減る」

暦《こよみ》の上ではもう冬だが、まだあたりの風景は秋の風情を色濃く残している。

直之進と琢ノ介は、大山街道を西へ歩きはじめた。

――とにかく、やつはこちらの目論見《もくろみ》通り、俺についてきていたのだな。ふむ、それはよかった。おきくや直太郎、それに門人たちが襲われずに済むのはなによりだ。

そんなことを思いながら、直之進は琢ノ介とともに徳永屋に戻った。

「ああ、お帰りなさいませ」

先ほどの番頭らしい男が直之進たちに寄ってきた。深く辞儀をする。

「――ああ、そうだ。済まぬことをした」

いきなり琢ノ介が男に謝った。男が面食らっている。

「お客さま、どうされました」

「宿の提灯を駄目にしてしまったのだ」

「さようでしたか。まあ、でもそれはよいのですよ」

「済まぬ、弁償する」

「ああ、いえ、けっこうでございます」

「だが、それではわしの気が済まぬ」

「いえ、まことにけっこうでございますから」

「そうか、かたじけない」

琢ノ介が頭を下げた。

「それよりそのお顔、どうされたのでございますか」

「いや、これはなんでもないのだ」

「さようで……。それではすぐに朝餉にいたします」

「よろしく頼む」

番頭らしい男にいってから、直之進は琢ノ介とともに部屋に戻った。

「ああ、無事に会えましたか」

立ち上がって直之進たちを迎え入れた珠吉がうれしそうにいった。だが、すぐに眉を曇らせる。

「米田屋さん、ひどいお顔ですよ」

うむ、と琢ノ介がうなずいた。

「珠吉、実はこんなことがあったのだ」

琢ノ介がいましがたの出来事を珠吉に話した。

「えっ、頭巾の侍があらわれたんですかい。それで米田屋さんを手ひどく殴りっけたと……」

「そういうことだ。あの男、剣はすごい腕をしているように見えたが、げんこつの威力はさしたることはなかった」

顔はぼこぼこだが、平気な口ぶりだ。この分なら、医者を呼ぶまでもないだろう。

部屋にはまだ孝之助とお紺もおり、振り分け荷物をかたわらに置いて畳に座していた。衝立はすでに部屋から運び出されており、五人分の布団もすでに上げられていた。

どうやら孝之助とお紺の二人は、朝餉は済ませたようだ。いつでも出立できる恰好をしており、荷物もまとめられている。

だが、二人にすぐにでも出立しようという気配はなく、並んで畳に座している。

——親子といっても、あまり似ておらぬな。女の子は男親に似るというが……。

畳に座り込んでいる孝之助は、琢ノ介の話を興味深げに聞いている。

お紺は琢ノ介が頭巾の侍に襲われたことを知って、美しい顔に恐怖の色を浮かべていた。

しかし、孝之助は琢ノ介の話にまったく驚いた様子は見せなかった。

――これはなにゆえだろう。

直之進は疑問を抱いた。

――まるで、琢ノ介が襲われたことを知っていたように見える……。

すぐに、こういうことではないか、と直之進は悟った。

「珠吉、俺が琢ノ介を捜しに出たあと、孝之助どのはこの部屋を出ていったか」

いきなりそんなことをきかれて、えっ、という顔で珠吉が直之進を見る。すぐに孝之助に顔を向けた。

なぜ湯瀬さまはそんなことをいうのだろうといいたげに、孝之助は怪訝そうな顔つきをしている。

ええ、と珠吉が顎を引いた。

「孝之助さんは、湯瀬さまが出ていってすぐに、厠に行くといってこの部屋を出ていかれましたよ」

やはりそうか、と直之進は思った。

「孝之助どの、おぬし、先ほど阿夫利神社の分社の前で野次馬に紛れていたな」

孝之助を見つめて、直之進は決めつけるようにいった。

「えっ、なぜそれをご存じで……。手前の姿が湯瀬さまの目に入ったのですか」

「いや、そうではない」

直之進は即座にかぶりを振った。

「声だ。宿場役人が来たぞ、と叫んだ男が野次馬の中にいた。その声がいま思うと、おぬしの声だったような……」

「ああ、さすがでございますねえ」

直之進を見やって、孝之助は感心しきりの風情である。

「ええ、声を上げたのは手前ですよ。ああいうふうにいわないと、湯瀬さまが斬られてしまうような気がしたものですから」

「いや、直之進はあんな頭巾の侍にやられるような男ではないぞ」

横から琢ノ介が割り込むようにいった。

「昨夜も話したが、直之進はとにかく凄腕《すごうで》なのだ。なにしろ御上覧試合《ごじょうらんじあい》で、決勝戦に出た男だからな」

「いや、琢ノ介、余計なことを口にするな」

直之進は琢ノ介を戒めるようにいった。だがすぐに、御上覧試合か、と引っかかるものを覚えた。

――俺は寛永寺の御上覧試合で、何人かのれっきとした侍と竹刀を交えた。初戦は陸奥の代表で仙台伊達《だて》家の家臣の郷家五郎兵衛《ごうけごろうひょうえ》だった。二戦目は江戸の旗本土岐《とき》家の家臣で、江戸旗本の代表だった中場綸太郎《ちゅうじょうりんたろう》である。

そして準決勝で戦ったのは、南九州代表で島津家の家臣末永弥五郎《すえながやごろう》だ。

――頭巾の侍の正体は、この三人のうちのいずれかなのか。

腕前からして、伊達家の郷家五郎兵衛はまず除かれる。

そして、訛りだ。江戸の旗本家の代表である中場綸太郎は、腕前に関していえば頭巾の男に匹敵するだろうが、江戸暮らしのため訛りはないはずだ。

仮に在所《ざいしょ》の出身で、訛りがあるにしても、秀士館の門人たちが聞き取れないほどのものではないだろう。

だとすれば、と直之進は思った。

――頭巾の侍は、薩摩《さつま》島津家の末永弥五郎か。

御上覧試合での準決勝で直之進に敗れたあと、弥五郎は島津家に恥辱《ちじょく》を与えた者として馘首放逐《かくしゅほうちく》されたのかもしれない。

考えてみれば、尾張徳川家《おわりとくがわ》に仕えていた新美謙之介《にいみけんのすけ》も、御上覧試合の東海予選で直之進に敗れたことで、家中《かちゅう》での処遇を検討されたというではないか。

薩摩島津家は、武勇でことに知られた家である。

そして、名誉をこの上なく重んずる家であると直之進は聞いている。

そんな家中において、御上覧試合で完敗を喫した弥五郎がただで済んだとはとても思えない。

いや、いくら島津家といえども、正々堂々と戦った男を放逐するようなことは、まずあり得ないだろう。

しかしながら末永弥五郎という男は、御上覧試合の四強での戦いにおいて、得物を竹刀から木刀にしようといい出した徳川家の剣術指南役の柳生博三郎《やぎゅうひろさぶろう》にすぐさま賛同し、その上、直之進を挑発した男である。

おそらく家中一の腕前をもって、島津家の中でも傲慢《ごうまん》そのものの振る舞いをしてきたのではないか。それゆえ、家中に敵も少なくなかったのだろう。

御上覧試合で江戸に出立する際、弥五郎は、必ず優勝してくると豪語したにちがいない。

だが、結果は直之進の前に惨敗だった。

大口を叩いておきながら、あっさりと敗退したのである。

その上、直之進が優勝すればまだ話はちがったかもしれないが、直之進は決勝で室谷半兵衛に敗れてしまった。

立つ瀬がないとは、まさにこのことだろう。

――末永弥五郎か。

直之進は揺るぎない確信を抱いた。

五

なんとしても湯瀬直之進を斬り殺したかったが、宿場役人が来たとの声を聞いて、末永弥五郎はあの場を離れるしかなかった。

にっくき湯瀬直之進を目の前にして、叩き斬れなかったのが悔しくてならない。

だがすぐに弥五郎は思い直した。

――やつとは、また相まみえる機会があろう。そのときに倒せばよい。

必ず我が示現流で叩っ斬ってやる、と弥五郎は意を決した。

——真剣での戦いならこちらのものだろう。

湯瀬直之進という男は、秀士館の師範代に過ぎない。

所詮《しょせん》、竹刀剣法の上手《じょうず》であろう。真剣での戦いなど、一度も経験したことがないにちがいない。

俺はあるぞ、と弥五郎は胸を張って思った。

御上覧試合が終わったのち、弥五郎は一度、薩摩の鹿児島《かごしま》に船で帰った。

御上覧試合の準決勝で負けたといっても、待遇に変わりはなかった。

だが、事態は一転した。鹿児島に戻ってすぐに鶴丸城《つるまるじょう》に呼び出され、そこで上役から島津家中からの放逐をいい渡された。

放逐を宣されたあと、いくばくかの金子《きんす》を与えられただけだった。

そのとき上役を斬り殺して出奔してやろうかとさえ弥五郎は考えたが、なんとか気持ちを抑え、その後、荷物をまとめて鹿児島をあとにしたのだ。

目指したのは江戸である。

別に妻子もなく、役目も鶴丸城の二の丸にある矢来門《やらいもん》の門番でしかなかった。

住処《すみか》も、むろん一軒家をもらっていたわけではなく、当然のことながら四畳半一間の長屋だった。

島津家随一の遣い手といっても、その程度の扱いだったのだ。

御上覧試合で日の本一の剣士になっていれば、出世が望めたかもしれない。

実際、御上覧試合で優勝することで、弥五郎は出世の足がかりにしようと企図《きと》していたのだ。

だがその目論見は、湯瀬直之進に敗れたことで、もろくも潰《つい》えたのだ。

――やつさえいなければ……。

そのことだけを考えて、弥五郎は江戸を目指して旅を続けた。

――やつに勝ってさえおれば、決勝で当たるはずだった室谷半兵衛など鎧袖《がいしゅう》一触《いっしょく》だったのだ。

最初は当てもなく、弥五郎はただ江戸を目指しただけだった。

だが、旅を続けるうちに、目的が明確になってきた。

――湯瀬直之進に復讐せねばならぬ。

早くそのときを手にしたい。その一心で街道を歩き続けたのである。

だが途中、京の都を過ぎたところで金子が尽きた。

腹が減っても歯を食いしばり、水だけで数日を過ごして、旅を続けた。物乞いなど、死んでもいやだった。

だが、もはや空腹に勝てないところまできた。空腹というより、すでに飢えていた。

それで、弥五郎は本意ではなかったが、追い剝《は》ぎをしたのだ。

あれは、東海道の難所として名高い鈴鹿《すずか》峠《とうげ》でのことだった。

鈴鹿峠の夜道を歩いていた四人から、金を奪い取ったのである。

四人のうち三人は供で、一人が侍だった。あるじだけが腕に覚えがあったらしく、刀を抜いてみせた。

初めての真剣での戦いだったが、弥五郎は恐れることなく戦い、あるじに峰打ちを食らわせ、昏倒《こんとう》させた。端から殺す気はなかった。

あるじの懐から金子を奪い、弥五郎は旅を続けた。

その後も金がなくなるたびに旅人からの強奪を繰り返し、ようやくにして江戸に着いたのが、つい十日ばかり前のことである。

江戸に着いて秀士館の門人たちを襲ったのは、湯瀬直之進を困らせ、本気にさせてこの末永弥五郎と真剣で戦わざるを得なくするためだ。先ほど湯瀬に縁ある者を不幸のどん底に落とすためといったが、弥五郎はさすがにそこまでは考えていない。

下鶴間宿から西に五町ばかり行ったところで、弥五郎は足を止めた。

——ここか。

戸口に立ち、丸に竜という文字が墨で書かれた障子戸を乱暴に開けた。

途端に、炊飯のにおいが鼻先に漂ってきた。狭い三和土に足を入れると、腹の虫が鳴いた。

そこは十畳間で、人相の悪い男たちがたむろしていた。胡散臭《うさんくさ》げな目で、弥五郎を見てくる。

「お侍、なにか用かい」

三和土のそばにいた若いやくざ者が立ち上がり、弥五郎にきいてきた。

「山神一家の乙吉《おときち》はいるか」

一語一語をはっきりと区切って弥五郎はきいた。

「ちょっと待っておくんなさい」

若い男が右手の襖を開け、中に声をかけた。どうやら山神一家の者は、あの部屋に押し込められているようだ。

「あっ、これは津島《つしま》の旦那」

部屋を出てきた乙吉が、いそいそとそばにやってきた。

津島とは弥五郎の変名である。

「どちらに行かれていたんですかい」

一段上がった畳の間に立ったまま、乙吉が問うてきた。

「もういらっしゃらないかと思いましたよ」

「余計なお世話だ。とっとと飯を食わせろ。そういう約束でわしはきさまに雇われたのだからな」

一瞬、訛りが強くて、なんといわれたのかわからないという顔を乙吉がした。

腹が立ったが、もう一度、弥五郎は同じ言葉をいい直した。

「あっ、はい、わかりました」

小腰をかがめて乙吉が弥五郎を手招きした。

「どうぞ、こちらにおいでください」

弥五郎は畳の間に上がった。この部屋は十畳間だが、竜平《たつへい》一家の者たちがたむろしている。

弥五郎は昨日の夕刻に、山神一家の乙吉から、うちの用心棒にならないかと誘われたのだ。前金で一両、それと日に三度の飯を食わせてくれるのならな、と答えたところ、いいですよ、とその場で乙吉が一両をよこしたのだ。

乙吉たちが寄宿する竜平一家の根城に誘われたが、弥五郎は用事があるゆえ、あとで出向くといってその場は断った。

用事といっても、湯瀬が投宿した徳永屋を見張ることだったが、弥五郎にとっては大事なことだったのだ。

乙吉に案内され、弥五郎は台所の隣の間に落ち着いた。すぐに膳が運び込まれ、弥五郎の前に置かれた。

「どうぞ、お召し上がりください」

「うむ」

膳の上の箸を弥五郎は手に取り、まずは味噌汁をすすった。

味噌がけちられているようで、薄い。具はわかめだが、歯応えはまったくない。

飯自体はまずまずで、生まれて初めて食べたが、納豆もいうほどの臭みはなく、むしろうまかった。

これなら好物になりそうな気さえした。思い切って鹿児島を出てよかったと弥五郎は思った。

もし鹿児島にずっといたら、納豆を食することなど金輪際《こんりんざい》なかっただろう。御上覧試合で島津家の上屋敷に滞在したときも、納豆は一度も供されなかった。

定府《じょうふ》の者は江戸生まれの江戸育ちがほとんどだから納豆を食するのかもしれないが、食べる習慣のない国許からやってきた者として、弥五郎には納豆が出されなかったのだろう。

朝餉を終え、腹を満たした弥五郎は茶を喫した。これは出涸らしの、ただ薄いだけの茶だったが、ないよりはましだ。

「おい、ところでなにゆえわしの腕が必要なのだ」

一両で雇われた理由を、弥五郎は乙吉にただした。

「それに、山神一家は江戸に一家を構えているのだろう。なにゆえこんな田舎の一家に身を寄せているのだ」

「それは蛇の道は蛇でして。ともかくあっしらは、板知屋という金貸しの旦那に頼まれて、お紺という娘を取り戻そうとしているんです。借金の形で板知屋の旦那のところで預かっていたお紺を、父親の孝之助に奪われてしまったんですよ」

「ほう、そんなことがあったのか」

「ええ。板知屋の旦那は激怒して、うちの親分にお紺を取り戻してくるようにいいつけたってわけで。ついでに孝之助の首も持ってこいと物騒なこともいったそうですがね」

「それで昨日、下鶴間宿の手前できさまらは親子連れを襲ったのか」

「あれ、ご存じだったんですかい」

「ああ、遠目だが、見ていたからな」

「そうだったんですかい。ならばもうご存じかもしれませんけど、孝之助たちを助けた侍がいたんですよ。あっしらはこてんぱんにのされましてね」

「そのこともよく知っておる」

「さいですかい。それもご覧になっていたんですね」

情けなさそうに乙吉がうつむいた。

「あの侍はどうやら孝之助と知り合いのようでしてね。このまま孝之助の用心棒になるんじゃないかって思うんですよ」

「その強い侍を倒すために、わしが雇われたのか」

「ええ、さようです」

こくりと乙吉がうなずいた。

「雇わせていただいたのは、実は津島の旦那だけではありません。昨日のうちに、ほかにも五人の浪人さんに助太刀をお頼みしました」

「五人もな。そやつらは今どうしておるのだ」

「今は総出で、孝之助とお紺親子を捜している最中なんですが、五人のご浪人さんには、あっしらの一家の者と、一緒に行っていただきやした」

「そうか」

弥五郎は茶を飲み干した。

「見つかりそうか」

「必ず見つけ出しますよ」

「その孝之助とお紺の親子を見つけ出すまでは、わしの出番はないのだな」

「ええ、ありません」

「ならば、一眠りさせてもらってよいか」

「もちろんですよ」

弥五郎は、山神一家のためにあてがわれた部屋に案内された。

総出で捜しているという言葉に嘘はなく、そこには誰もいなかった。

「では、横にならせてもらう」

刀を鞘ごと腰から抜き取り、すり切れた畳の上に置いた。すぐさま畳に横になり、弥五郎は腕枕をした。

乙吉が出ていこうとする。それを弥五郎は呼び止めた。

「ああ、乙吉。山神一家と竜平一家はどんな関係だ」

「ああ、十年ばかり前、うちの親分が、当時まだ駆け出しだった竜平親分の面倒を見ていたことがあったそうなんですよ」

「ほう、そうか」

ええ、と乙吉がいった。

「その後、江戸を離れて故郷の下鶴間に戻った竜平親分はここに一家を構えたんです。それで今回、孝之助親子を追うに当たって、あっしらは昨日からこちらに寄らせてもらい、世話になっているというわけです」

やくざでも律儀な者がいるのだな、と弥五郎は感心した。

「わかった、出ていけ」

弥五郎は蠅を追い払うような仕草をした。へえ、といって乙吉が部屋の外に出た。

静かに襖が閉まる。

弥五郎は目を閉じた。

朝飼を食べて満腹になったせいか、急に眠気が襲ってきた。

畳というのはよいものだな、と弥五郎は思った。鹿児島を出て以来、これまでほとんどが野宿だったのだ。

畳はよいな、とまた思った。

その直後、弥五郎は眠りの深淵《しんえん》に一気に引き込まれた。

第四章

一

朝餉を終えた直之進たちは宿代を払い、徳永屋を出立した。

大山街道を西へ歩きはじめる。

時刻は六つ半を少し過ぎている。琢ノ介が弥五郎に襲われたこともあり、予定より半刻ばかり出立が遅くなった。

それも仕方あるまい、と振り分け荷物を担ぎ直し、さらに奉納用の木刀を携えて直之進は思った。

何事も思い通りには進まぬものだと思っているほうが、気も楽だろう。

直之進たちと一緒に、孝之助とお紺の親子も暖簾を外に払って出てきた。二人の親子連れは、直之進たちの後ろにつく形になった。

直之進はちらりと振り返り、孝之助たちを見た。

——二人はわざと出立を遅らせ、俺たちに合わせたのか。

おそらくそうなのだろう。

なぜそんなことをするのか。

昨夜、琢ノ介が直之進を用心棒として雇ってはどうかと提案したが、孝之助はそれを断った。だが、こうして直之進たちのそばにいれば、もし山神一家が襲ってきても、直之進が見捨てることはないと、考えたのかもしれない。

——ちと虫がよすぎる気もするが……。

直之進は内心で苦笑した。だからといって、直之進たちに歩調を合わせて歩いている二人に、離れて歩けともいえない。

だいたい、直之進はそのようなことをいえるたちではない。

——旅は道連れともいうからな。まあ、よかろう。

直之進は鷹揚《おうよう》に考えることにした。それに、とすぐに思った。

——山神一家の者が相手ならば、蹴散らすのに大した手間はかからぬ。

「そういえば直之進——」

肩を並べて歩く琢ノ介が呼びかけてきた。

「左腕はもう布で吊らんでもよいのか。中川温泉に行く前に、もしや治ったというのではあるまいな」

琢ノ介にきかれ、直之進はかぶりを振った。

「いや、まだ治っておらぬ。だが、いつ末永弥五郎に襲われるかわからぬゆえな」

頭巾の侍が御上覧試合で戦った薩摩の末永弥五郎だと確信した直之進は、琢ノ介にそれを伝えていた。

「戦うのに、布で腕を吊っていたら邪魔でしかないだろうしな」

うむ、と直之進はうなずいた。

「それに、布で吊ってしまうと、逆に治りが遅いのではないかという気もしてきたのだ」

「布で吊ると治りが遅いとは、どういうことだ」

琢ノ介が不思議そうな顔をする。

「雄哲先生によれば――」

直之進は説明をはじめた。

「折れた左腕の骨は、もうほとんどくっついているらしい。にもかかわらず、時折ひどい痛みが走ったり、うずいたりするのは骨折のせいではなく、神経や筋肉の問題だろうと俺は踏んだのだ」

「ほう、そういうものか」

「布で吊るというのは、左腕を大事にしすぎることになるのではないかと考えてな。痛みがひどくても普段の暮らしで慣らしていくのが、完治への道ではないかと思いはじめたのだ」

「雄哲先生は、左腕の布を外すことをよいことだと思っておらんのではないか」

いや、と直之進はいった。

「この前お目にかかったとき、雄哲先生は布を外すのは別にかまわぬ、とおっしゃっていた。ただし、左腕を固定しておらぬと、かなり痛むはずだともおっしゃってな。俺は川越忍びと戦ったときに左腕を使い、これ以上ない痛みを味わった。そのために、布を外すのを怖がっていたに過ぎぬ」

「ああ、そういうことだったか」

琢ノ介が納得したような声を発した。

「布を外してもよいのなら、そうしたほうが確かに治りは早そうな気がするな」

「そうであろう。ゆえに、今回の旅では布で吊るのをやめたのだ」

いま直之進は、左手で奉納用の木刀を握っている。左腕にうずくような痛みはあるが、耐えられないほどのものではない。

——これで中川温泉に浸かれば、完治へと向かってくれるのではないか。

直之進には、そんな期待がある。

——まあ、左腕はこれでよいとして、問題は末永弥五郎だな。

大山街道を歩きつつ、直之進はあたりに気を配り続けている。

本来ならのんびりとできる旅なのに、常に緊張を強《し》いられているのだ。

それは、すべて末永弥五郎のせいだ。

——やはり許せぬな。

直之進は、怒りの渦が腹の底から這い上がってきたのを感じた。

——門人たちを半殺しの目に遭わせたのも末永だったとは……。

考えもしなかった。大山街道を歩きながら、直之進は唇を噛んだ。

御上覧試合の準決勝で正々堂々と戦って打ち破った示現流の遣い手が、まさか逆うらみをして目の前にあらわれるとは、直之進には信じがたいものがある。

裏切られたような気分でもある。

——許せぬ。

またしても直之進は思い、前方にじっと目をやった。

弥五郎の角張った顔を脳裏に浮かべる。

――きさまにいったいなにがあったかは知らぬが、次に会ったら容赦なく叩きのめしてやる。門人たちの分まで償《つぐな》わせてやる。

直之進の中で、弥五郎に対する怒りがふつふつと増してきている。

――この先も、弥五郎はきっと俺を狙ってくるはずだ。

ということは、どこかで弥五郎を迎え撃ち、倒さなければならない。

――俺は末永を殺すことになるのか。

足を運びつつ直之進は自問した。

――いや、それはまだわからぬ。

門人たちの無念を晴らすためとはいえ、今のところ殺そうとまでは思っていない。

示現流の遣い手である弥五郎と真剣で戦って、どういう結末を迎えるかわからない。負けて死ぬのは、直之進かもしれない。

結局は、弥五郎がどう出てくるかによるのだろう。

弥五郎が本気で直之進を斬るつもりでいるのなら、こちらも本気で立ち向かわねばならない。

――おのが身を守るために、俺は末永弥五郎を殺すことになるかもしれぬ。

武家として、その覚悟だけは固めておかなければならぬ、と直之進は思った。

二

その後、順調に道のりを進んだ直之進たちは途中、とある地蔵堂のそばに座りこんだ。

直之進は奉納用の木刀をかたわらに置いた。

前日、握り飯を食べた場所と同様、気持ちのよさそうな草むらになっており、ここで昼餉の握り飯を食べることにしたのだ。

直之進たちが携えてきた握り飯は、徳永屋の者に頼んでつくってもらったものだ。

正午までにはまだ半刻以上あり、昼餉にするには早い刻限ではあるが、琢ノ介が、腹が減ってならん、といったのである。

空腹なのは直之進も同じで、珠吉も、もうぺこぺこですよ、というので食することにしたのだ。

実際、こうして歩き続けていると、普段よりもずっと早く腹が空くのはまちがいない。

直之進たちのそばに、当たり前の顔をして孝之助とお紺の二人も座し、同じように弁当を開いた。

孝之助とお紺も、昼餉は徳永屋の握り飯である。親子は笑い合ってから、握り飯をほおばった。

なかなかほほえましい光景だ。

「直之進、ここはどのあたりだ」

握り飯をほおばりながら、琢ノ介がきいてきた。

「先ほど愛甲宿《あいこうしゆく》を過ぎたな」

「ああ、さっきの宿場は愛甲宿というのか」

「琢ノ介は、いったいなにを見て歩いているのだ。道標にも愛甲宿とあったぞ」

「別に道標など見ずとも、生きていけるからな。わしはひたすら前を向いて歩くだけだ。それで直之進、大山にはいつ着くのだ」

そうさな、といって直之進は考えた。

「次の糟屋宿《かすやしゅく》が、大山に向かう追分になっている。だとすると、大山まで二里半ほどではないか」

「なんだ、まだ二里半もあるのか」

琢ノ介が少しげんなりという顔を見せた。

「速く歩けば、一刻ほどで到着しよう」

「そうか、あと一刻か。とにかく、わしは大山に着くのが楽しみでならん」

うむ、と直之進もいった。珠吉もにこにこしている。

今のところ、末永弥五郎の剣吞な気配は感じない。

孝之助たちを狙う山神一家の姿も見えない。

直之進たちの周囲は平穏そのものである。だが、これは一時のものにすぎないことを直之進は知っている。

遅かれ早かれ、弥五郎は襲いかかってくるだろうし、山神一家も孝之助とお紺を狙って姿を見せるに決まっているのだ。

——末永は、俺たちが大山に行くことを知っている。

この先で、待ち伏せしていることも考えられる。

山神一家がどう出るかは、直之進にはわからない。

下鶴間宿の旅籠に泊まるという孝之助の策が功を奏し、山神一家は孝之助たちの姿を見失っているかもしれない。

山神一家は、孝之助たちの目的地がどこか知らないのではないか。

孝之助によれば、山神一家は江戸のやくざ者だというから、このあたりに土地鑑はないはずである。

土地鑑もないままに孝之助たちの行方を追い求めるのは、かなり骨であろう。

三

辺りに気を配りつつ直之進は街道を歩き続けたが、結局、何事もなく時は過ぎていった。

糟屋宿を経由して、直之進たちは大山の麓《ふもと》までついにやってきた。

糟屋宿では有料で荷物を預かってくれる旅籠があった。ほとんど手ぶらで阿夫利神社に行けるのはありがたく、直之進たちは振り分け荷物を旅籠に預けた。中川温泉に行くのには、どうせまた大山街道に戻ってこなければならないのだ。

もしかすると、大山から山中を抜ける道があるのかもしれないが、地勢をまったく知らない者が進んでよい道ではなかろう。迷って、山中で一夜を明かすことになるのが落ちだ。

孝之助たちは旅籠に荷物は預けず、今も肩に担いだままだ。

「しかし、大きくて高い山だな」

大山を仰ぎ見て琢ノ介がいった。うむ、と直之進はうなずいた。思っていた以上の高さだ。

かなり前からその姿を望めた大山の雄大な山容《さんよう》は、今や一行にのしかかるように見えている。

阿夫利神社へつながる参道の両側には、びっしりと土産物《みやげもの》屋や食べ物屋、宿坊らしき建物が並んでいる。

大山詣には時季外れの今も、決して広いとはいえない参道を大勢の人がわいわいがやがやと楽しげに行きかっている。

直之進たちのそばに立ち、孝之助とお紺も山容を見上げている。

山神一家は、と直之進は考えた。

——実は孝之助とお紺の行き先を知らぬのではなく、とうに知っているのではないのだろうか。

阿夫利神社で、待ち構えているということも考えられないか。

こうまで平穏で、なにも起きないと、そんな思いまで頭に浮かんでくる。

――考えすぎだろうか。

とにかく、用心に越したことはないだろう。

弥五郎の出方も気になっている。

――やつは、今も虎視《こし》眈々《たんたん》とこの俺を狙っているはずだ。すでに阿夫利神社へと先回りし、待ち構えているかもしれぬ。

「直之進、この山を登るのだよな」

琢ノ介が呆然とした顔を向けてきた。直之進は頭から弥五郎のことを追い出した。

「当たり前ではないか。そのために江戸からやってきたのだからな」

「ああ、そうだったな」

ごほん、と琢ノ介が空咳《からぜき》をした。

「直之進、大山の高さはどのくらいあるのだ」

「四百丈《じょう》は優《ゆう》にあるそうだ」

「なに、四百丈だと」

塚ノ介が目をむいた。

「そんなに高いのなら、天に山頂がついてしまうのではないか」

その言葉を聞いて、直之進は苦笑を漏らすしかなかった。

「相変わらず大袈裟だな。そんなわけがあるはずがなかろう」

「だが直之進。これほどよい天気にもかかわらず、山頂のほうは霧のような雲がかかっておるのだぞ。あれは天とくっついているからではないか」

「大山は、もともと雨が多い山らしい。阿夫利神社という名の由来も、雨降りからきていると聞いたぞ」

「雨降りが阿夫利か。では、今も雨が降っているのか」

「ああして雲がかかっているのなら、そうかもしれぬ」

「直之進、雨具の用意がないぞ」

「濡れればよかろう。大山はもともと霊山だ。霊山の雨なら、霊験あらたかであろう」

ふん、と塚ノ介が鼻を鳴らした。

「屁理屈だな。しかし直之進、四百丈もの高さがあるのなら、富士山と同じくらいではないか」

「馬鹿をいうな」

駿河人《するがびと》の自慢である富士山を馬鹿にされたような気がして、直之進は少し声を荒らげた。

「どうやって測ったかは知らぬが、富士山の高さは、千二百丈以上だと聞いたことがあるぞ。大山の三倍ということだ」

「えっ、大山の三倍もあるのか。さすがに日の本一の山だけのことはある。富士山は途轍《とてつ》もなく高いのだな」

「琢ノ介、四の五のいっておらんで、さっさと行くぞ。あまり時がないのだ」

「そうか、ついに行くのか」

「琢ノ介、覚悟を決めろ。山頂にある本社に行き、子宝祈願をするのであろう」

「そうだ、直之進のいう通りだ」

子宝祈願という言葉が効いたか、琢ノ介が急に張り切りはじめた。

「よし、直之進、行くぞ」

先頭を切って、琢ノ介が阿夫利神社への参道を登りはじめた。直之進は珠吉と顔を見合わせてから、そのあとに続いた。

直之進たちの後ろを、相変わらず孝之助とお紺がついてくる。

――やはり孝之助どのたちも大山に寄っていくのか。だが、山神一家に追われている身だというのに、わざわざ大山に寄るとはどういうことだろう。

「いや、待て、直之進」

不意に琢ノ介が足を止めた。

「どうした、琢ノ介」

直之進も立ち止まった。

「大山の中腹に下社があるとのことだが、そっちには食べ物屋はあるのか」

「さあ、どうかな」

「なかったらどうする」

意味がわからず、直之進は首をかしげた。

「琢ノ介、おぬし、なにゆえそのようなことをきくのだ」

「腹が減ったからだ」

なに、と直之進は驚いた。

「先ほど食べたばかりではないか」

「先ほどだと――」

琢ノ介が目を怒らせる。

「直之進、徳永屋の握り飯をいつ食べたと思っているのだ。一刻も前のことだぞ。しかも、あれからわしたちは二里半も歩いてきたのだ。腹が空くのも当たり前ではないか」

いわれてみれば、と直之進は思った。自分も小腹は空いている。珠吉も、直之進の横で小さくうなずいている。

それに力を得たか、琢ノ介が強い口調で言葉を続ける。

「もし下社になにもなかったら、空腹を抱えたまま、山頂の本社まで登ることになるのだぞ。直之進、それはいかんぞ」

琢ノ介のいう通りかもしれぬ、と直之進も思った。

「では、なにか腹の足しになりそうなものを今のうちに買っていくか」

「それがよかろう」

阿夫利神社に続く参道前に建ち並んでいる店は、土産物を売る店が多いが、弁当や握り飯を店頭に並べている店も少なくない。

もっとも、一見《いちげん》さんである参詣人の足元を見ているのか、値が高いのは否めない。

「下社のほうには、腹ごしらえができる店があるのか」

弁当を売っている店の者に琢ノ介がきいた。

「ええ、ありますよ」

四十過ぎと思える女が顎を引いた。

「もちろん売店はありますけど、今の時季は開いちゃいませんよ。開いているのは夏だけですからね」

「ああ、そうなのか」

琢ノ介はその店で弁当を買った。

「ありがとうございます」

女はにこにこして礼をいった。

そういうわけならば、と直之進も握り飯を買おうとした。

しかし、横に立つ孝之助が首を横に振ってみせた。

なんの合図だろう、と直之進は考えた。孝之助はここでは買うな、といっているように思えた。

——では、上でも売っているということか。

きっとそういうことだろう、と直之進は判断した。

もっとも、上でも弁当を売っているとしても、下と似たような値段ではないだろうか。

それでも、左腕がいまひとつ利かない身にとっては、荷物になりそうなものは少ないほうがありがたい。

――とにかく、孝之助という男はこのあたりに土地鑑があるようだな。

「なんだ、直之進は買わんのか」

直之進の顔を見て琢ノ介がきいてきた。

「ああ、まだよい」

「上に行って、弁当を分けてくれといっても、わしはやらんぞ」

「別に構わぬ」

珠吉も直之進にならって、参道の店ではなにも買わなかった。ほくほくとした顔で、琢ノ介が参道を上りはじめた。直之進と珠吉はそのあとに続いた。

孝之助たちも、当たり前のような顔をしてついてくる。

参道は木々が生い茂って、あたりは薄暗い。鳥たちが騒がしいくらいに鳴きかわしている。直之進たち以外にも参詣人はけっこういる。今の時季でも下社までは行けるから、大勢の参詣人を引き寄せているのだろう。

琢ノ介がいつまで先頭にいられるか直之進は心配だったが、毎日、江戸の町を歩き回っているためか、意外にすんなりと上り道を歩いている。

途中、道が二つに分かれた。一本はそのまままっすぐに行き、もう一本は左斜めに折れている。

「これはまっすぐでよいのか」

琢ノ介が分かれ道を見つめてつぶやいた。

「まっすぐ行くのは男坂《おとこざか》、左に向かうのは女坂《おんなざか》ですよ」

後ろから孝之助が教えてくれた。

「どっちが楽だ」

振り向いた琢ノ介が孝之助にきいた。

「断然、女坂です。遠回りになりますが、大した距離じゃありません」

「ならば、女坂のほうを選ぼう」

直之進は別にどちらでもよかった。珠吉も同じらしい。

真っ先に、弁当を手に琢ノ介が女坂のほうを上りはじめる。

直之進たちも続いた。孝之助たちもついてくる。

女坂といっても、けっこうきつい。

これでまだ楽というのなら、男坂はどれだけの傾斜が続いているのだろう。

そちらに行かずによかった、と直之進は心の底から思った。

とはいえ、さすがに少し息が切れてくる。あたりに気を配りつつ、直之進は女坂を上がっていった。

四

ほとんど無言のまま半刻ほど登り続けると、前を行く琢ノ介が弾んだ声を出した。

「おっ、あの鳥居が下社の入口だな」

面を上げると、直之進にもその鳥居が見えた。

さらに階段を登り、直之進たちは鳥居をくぐった。

道がようやく平坦になり、直之進はほっと息をついた。後ろについた珠吉の表情を見る。

やはり若い頃からの鍛え方がちがうようで、珠吉は涼しい顔をしている。少し息を切らしているようだが、喘いでなどいない。

琢ノ介も平気な顔をしていた。

これで、ようやく大山の中腹にある阿夫利神社の下社の境内に足を踏み入れたのだ。

下社というから、直之進はもっとちっぽけなものを頭に描いていた。

だが、予想に反して、広大な境内を誇っている。はしゃいだような大勢の女たちや子供の姿も見えている。

広々とした石畳が延びる正面に拝殿《はいでん》があり、右手に祈禱《きとう》を申し込んだ者の待合部屋となる客殿らしい建物もあった。

いずれも、大山信仰の隆盛を感じさせる立派な建物である。

境内には売店があり、そこでも土産物や握り飯、弁当を売っていた。値段は、参道下とさしたるちがいはないように思えた。

――値が変わらぬとなると、下の弁当や握り飯はうまくはないということか。

孝之助が首を振ってみせたのは、そういう意味なのかもしれない。

「くそう、だまされた」

地団駄《じだんだ》を踏むように琢ノ介が悔しがった。

「まあ、そういうな」

直之進は琢ノ介をなだめた。

「下の者たちにも暮らしがある。生きていかねばならぬのだ」

いや、と琢ノ介が激しく首を横に振った。

「商売だからこそ、商売人は正直でなければならんのだ」

琢ノ介は商売人として、信用、信頼こそが商売の要《かなめ》だと信じているのだ。それは、光右衛門の教えでもあろう。

実際、正直に商売をしたほうが結局はいい結果が得られるのではないかと直之進も思うのだが、目先の利益を追い求めて平気で品物の質をごまかしたり、人をだましたりする輩《やから》は、残念ながら少なくない。

直之進たちは拝殿の前に進んだ。

直之進は木刀を賽銭箱《さいせんばこ》に立てかけさせてもらって、賽銭を投げた。おきくと直太郎の幸せ、秀士館のさらなる興隆、そして最後に左腕が治るように、両手を合わせて祈った。

隣で琢ノ介も珠吉も熱心に拝んでいる。孝之助とお紺の親子も直之進たちのあとに拝殿の前に立った。二人とも熱心に合掌している。

下社といえども拝殿で祈ったことで、直之進は、なにかこれで目的を達したような気になったが、もちろんまだ終わったわけではない。

「よし、よいか」

直之進は琢ノ介と珠吉に声をかけた。

「ちょっとここで食べさせてくれ」

弁当を少し持ち上げて琢ノ介がいった。

「腹が空いて我慢できん」

直之進は、わかった、といった。

「かたじけない。——立って食べるのでは、行儀が悪いから……」

たくさんのおみくじが巻かれている柳の後ろにある石に腰かけて、琢ノ介が弁当を開いた。

「直之進と珠吉は食べぬともよいのか」

腹は空いているものの、まだ我慢できる。珠吉も、あっしはあとでいいです、といった。

「そうか。すぐに食っちまうから待っていてくれ」

実際に琢ノ介は、あっという間に弁当を食べ終えた。

そんな食べ方では体に悪かろうと直之進は思ったが、なにもいわなかった。

塚ノ介がごみを捨てに行き、手を払って直之進たちのそばに戻ってくる。

「よし、行くか」

直之進は塚ノ介に声をかけた。

「うむ、行こう」

腹を満たしたことで、塚ノ介は元気が出てきたようだ。

「直之進、どこに本社に行く道があるのだ」

「多分、こちらだと思う」

直之進は拝殿の左側を指さし、歩き出した。

「この先に登拝門があり、そこから本社のほうに行けるようになっているはずだ」

「直之進、詳しいな」

「当たり前だ。なにも知らずに行って、まごつくような真似は避けたかったゆえ、出立前に阿夫利神社について調べたのだ」

「そうか、偉いな、直之進は」

「なんだ、俺の師匠になったようなその物言いは」

「褒めたのに、気に入らなかったか」

「当たり前だ」

女が行けるのは下社までで、本社につながる門から先は女人禁制である。

それでも、孝之助とお紺の二人は、当然のような顔をして直之進たちのあとについてきている。

――孝之助どのは俺たちと一緒に入ろうと思えば入れるだろうが、さすがにお紺は無理だぞ。

首をひねりつつ、直之進は拝殿を回り込むように進んだ。そのとき、いやな気配を嗅いだように思った。

――これは、末永弥五郎が近くにいるのではないか。

足を止めることなくあたりを見回そうとして、直之進は、あっ、と声を上げた。

「どうした、直之進」

後ろから琢ノ介にきかれ、直之進は立ち止まった。

「やつらがいる」

弥五郎ではなく、五間ほど先に直之進たちの行く手を阻むようにずらりと立っていたのは、山神一家の者である。

「なるほど、ここで待っていやがったのか」

直之進の横に出てきた琢ノ介がつぶやく。

「あいつらこんなところまで……」

孝之助の声が直之進の耳に届いた。

やはり、と直之進は思った。やつらは先回りし、下社で待ち構えていたのだ。

――山神一家の誰かが、孝之助どのが大川で水垢離をしていたことを摑んだのかもしれぬな。

それに、ここならお紺はこれ以上、上には行けないのだ。お紺を捕らえるのには、恰好の場所だろう。まさに袋の鼠《ねずみ》といってよい。

直之進たちをねめつけつつ、山神一家の者たちが無言でゆっくりと近づいてくる。

その中に五人ばかりの浪人者がいることに気づいて、直之進は少し驚いた。

江戸から呼んだのか、と考えた。いや、そんなことはあるまい、とすぐに直之進は心中で否定した。

孝之助とお紺を捕らえるためだけでは用心棒は必要としないだろうから、山神一家の者たちが江戸から連れてきていたはずもない。

——このあたりで雇ったのだな。

山神一家の者たちは大山街道を駆けずり回って、五人の用心棒を急遽《きゅうきょ》、雇い入れたにちがいない。もちろん、直之進に対抗するためであろう。

——山神一家は、孝之助どのが俺のそばを離れぬことを察していたということか。

直之進は五人の用心棒をじっと見た。

いずれも大した腕前には見えない。だが、五人が相手では、さすがに手こずりそうな予感がある。

——刀を使えば、さして時をかけずに倒せるだろうが……。

直之進に刀を用いる気はない。武運長久を願うため阿夫利神社に参ったのだ。無法者を叩きのめすためとはいえ、ここで刀を抜くわけにはいかない。

愛刀を使わずに素手で十分にいける、と直之進は踏んでいる。

山神一家の者たちが、ぞろぞろと足を進ませてきた。二間ほどの距離を置いて、直之進たちと対峙する。

——やるしかあるまい。

神聖な境内を騒がしたくはなかったが、ここは致し方ない。直之進は腹を決めた。

「おい、直之進」

声を低めて琢ノ介が語りかけてきた。

「御上覧試合で二位だったことを、あやつらに教えてやれ。そうすれば、戦わずに逃げていくのではないか」

「御上覧試合のことを、ここで持ち出したくはないな。それに、二位だったことをあいつらが信じるかどうか」

「なるほど、そうかもしれぬな。いずれも疑《うたぐ》り深そうな顔をしておる」

「なに、大丈夫だ、琢ノ介」

余裕の笑みを浮かべて直之進はいった。

「五人の浪人は、俺を倒すために雇われたのだろう。ゆえに、俺だけにかかってくるはずだ。だから、おぬしと珠吉は、孝之助どのとお紺の二人を頼む」

「承知した。任せておけ。——孝之助さん、お紺ちゃん、こっちに来るのだ」

琢ノ介が二人を背後にかばった。

「済みません、手前どものせいでこんなことになってしまって」

申し訳なさそうに孝之助がいった。

「なに、大丈夫だ」

直之進は孝之助に笑いかけた。

「あんなやつら、すぐに退治してやる」

だが直之進はすぐに、むっ、とおのが目をきらりと光らせることになった。

「どうやら、おぬしのせいで、ということではなくなったようだ」

「えっ、それはどういうことですか」

後ろから孝之助が驚いたようにきいてきた。

「あやつがいるからだ」

これまで拝殿の陰にいたのか、末永弥五郎がずいと姿を見せたのだ。いかにも、満を持してという感じだ。

頭巾はしておらず、弥五郎は素顔を見せている。紛れもなく御上覧試合で戦った相手であることを、直之進は認めた。

先ほど嗅いだいやな気配は、と直之進は思った。やはり弥五郎のものだったのだ。

――しかし、なにゆえ末永がここにいるのか。山神一家の誰も驚かぬところを見ると、どうやら末永もほかの浪人同様、雇われたのか……。

弥五郎がすたすたと歩いて、五人の浪人と肩を並べる。その位置から、直之進を見つめてきた。

やはりちがうな、と直之進は弥五郎に目をやって思った。

腕前と体にまとっている雰囲気が、ほかの五人とは鷹と雀ほどの差があるのだ。

――末永があらわれたのでは、素手というわけにはいかぬな。愛刀を使うしかあるまい。

しかし弥五郎から、殺気は感じ取れない。

「きさま、わしの顔を見たというのに、別に驚かぬな」

直之進をじっと見て、弥五郎が意外そうにいった。

「どうやら、下鶴間宿の阿夫利神社の分社前で、わしの正体を見抜いたようだな」

「当たり前だろう」

直之進は静かな口調で告げた。

「まあ、わしほどの遣い手はこの世にそうはおらぬゆえ、見抜かれるのも致し方ないか」

業前《わざまえ》からではなく落ちぶれたという言葉からわかったのだ、と直之進は思った。だが、ここでそれをいう必要はあるまいと判断した。

「おい、安心しろ」

一歩、前に出て、弥五郎が直之進に呼びかけてきた。

「わしはきさまには一切、手を出さぬゆえ」

その言葉に、山神一家の者どもや五人の用心棒が仰天する。

「い、いったい、なにをおっしゃっているんですかい」

若いやくざが声を震わせる。そのやくざ者を、弥五郎がぎろりと見やってからいった。

「わしは今、虫の居所が悪くてな。眠っているところを叩き起こされた上に、足元の悪い道を走らされ、この大山の中腹まで登らされた。それもすべて、そこの孝之助とお紺とかいう親子連れを捕らえるためだという。わしは腕の立つ侍と戦うだけでよいといわれてここまで来たが、今は戦う気が起きぬゆえ、きさまを見逃してやる」

見逃すか、と直之進は思った。この男は、いったいどこからそれだけの自信が湧いてくるのか。

——御上覧試合で勝ったのは俺ではなく、自分だったと勘ちがいしているのではあるまいか。

それに、戦う気がないという言葉をすんなり信じるほど、お人好しではない。江戸に出てきたばかりの頃なら、信じたかもしれないが、今はちがう。江戸の荒波に揉まれ、様々な事件の探索に関わるうちに、お人好しでは生きてゆけぬと気づいたのだ。

「そんなあ、津島の旦那」

若いやくざが、またも情けない声を出す。

——末永は津島と名乗っているのか。

旧主である島津家からきていることを、直之進はすぐに覚った。

——御上覧試合で無残に敗れたことで放逐されたのだろうに、まだ主家の名を引きずっているのか。

直之進は、弥五郎に憐れみを覚えた。

「うるさい。わしは、やる気はないといっているだろう」

弥五郎が若いやくざに向かって怒鳴る。

「だって津島の旦那には給金も払ったし、朝餉だって食べさせたじゃありやせんか」

必死の顔で若いやくざが抗弁する。

「給金はもらってやったのだ。朝餉も食べてやったにすぎぬ」

弥五郎が傲然《ごうぜん》といい放つ。

「そんな……」

「もうよい、乙吉」

一人の恰幅《かっぷく》のよい浪人が、弥五郎をにらみつけていった。

「そやつは、わしらに任せればよい。こやつがどこの田舎侍か知らぬが、もともと当てにしておらぬ。放っておけ」

——ほう、末永にそこまでいえるとは、なかなか度胸のある男だな。

直之進は感心した。実際、その浪人が、五人の中で最も腕が立つのはまちがいない。

頬を引きつらせるようにして弥五郎がその浪人をねめつけたのを、直之進は見た。浪人を見据える両の瞳は、殺気を帯びている。

「わかりやした。どうか、旦那方、お願いします、あの侍をやっちまってくだせえ」

乙吉と呼ばれた男が、浪人たちに懇願する。

おう、と五人の浪人が声を合わせた。抜刀し、一気に直之進に迫ってきた。

――こやつらは、俺を殺す気でいるのか。

それとも、怪我を負わせるだけのつもりだろうか。

おそらく後者ではないか。

徳川家の信仰が厚い阿夫利神社でもし人殺しをしたと知れたら、公儀の逆鱗《げきりん》に触れ、山神一家などあっという間に叩き潰されてしまうだろう。

神聖な境内で誰かに怪我を負わせ、血で汚しただけでも、公儀ににらまれることになるはずだ。

そこまでして山神一家が孝之助に奪われたお紺を取り戻そうとするのは、板知屋という金貸しをよほど恐れているか、かなりの恩義を感じているかのどちらかだろう。

――今のところ、まことに末永にやる気はないようだ。

「珠吉、こいつを預かっていてくれ」

直之進は、奉納用の木刀を珠吉に託《たく》した。

「ああ、はい、わかりやした。大事に預かっておきますよ」

「頼む」

いうや、抜刀することなく直之進は、五人の浪人に向かって突進した。

右側にいたやせた浪人が、刀を袈裟懸《けさが》けに振り下ろしてきた。

峰を返す気はないようだ。どうやら本気で直之進を殺す気でいるらしい。

それだけ板知屋が恐ろしいということか。

それにしても、やせた浪人が繰り出してきた刀の振りは鈍い。弥五郎と雲泥《うんでい》の差である。

――こうしてみると、やはり末永というのはすごい腕なのだな。

そんなことを考えながら直之進は斬撃をかいくぐり、やせた浪人の右側にさっと出た。突き出した拳を、浪人の腹に思い切り入れる。

ぐっ、と息の詰まった声を出して前屈みになった浪人の首筋に、直之進は手刀を見舞った。首の骨が折れないように加減する。

びしっ、と小気味よい音がし、浪人が一瞬、体の動きを止めた。

刹那《せつな》、崖が崩れ落ちるように一気に地面に倒れ込んだ。そのまま身動き一つしない。気絶しているようだ。

おのれっ、と怒号した小太りの浪人が刀を胴に払ってきた。

後ろに跳んで刀をよけた直之進は、横から長身の浪人が迫ってきたのを見た。長身の浪人は、えいやっ、と気合を込めて刀を上段から振り下ろしてきた。

長身を利した美しい斬撃ではあったが、やはり鋭さに欠けている。

直之進は体をひねって刀をかわした。さらに体をひねった勢いを利して、長身の浪人の太ももに蹴りを入れた。

ばしっ、と音が立ち、浪人が、うっ、とうなった。体勢が崩れる。

そこを見逃さず、直之進は長身の浪人の顎をげんこつで殴りつけた。

がつっ、という音がした直後、長身の浪人は両膝を折って地面に倒れ込んだ。

どうりゃあ、と背後から気合が響き渡る。直之進はさっと振り返り、眼前に落ちてきた刀を横に動いて避けた。

斬りかかってきたのは、ずいぶんと背の低い浪人だった。直之進は背の低い浪人の右に足を運び、一気に身を寄せて襟と袖をつかむや、投げを売った。

浪人の小さな体は直之進の背中にあっさりと乗り、宙でくるりと回転した。どん、と腰から落ちる音がした。

直之進の眼前に転がった背の低い浪人は刀を放り投げて腰を押さえ、地面の上でうめいている。

——しまった、調子に乗って左腕を使ってしまった。

すぐに強烈な痛みがやってきた。直之進は顔をしかめた。

だが、まだ終わったわけではない。もう一人いるのだ。小太りの浪人のほかに、五人の中で最も腕が立つ、恰幅のよい浪人が残っている。

小太りの浪人が斬りかかってきた。胴に払ってきた斬撃を跳躍してかわし、そのまま蹴りを見舞った。直之進の蹴りは小太りの浪人の顎をとらえた。小太りの浪人は後ろに吹っ飛んで背中から倒れ込み、あっけなく気絶した。

おのれっ、と叫ぶようにいって最も腕が立つ浪人が直之進に斬りかかろうとする。

その前に直之進は、そばに落ちている刀を拾い上げ、刀尖を浪人に向けた。

それだけで恰幅のよい浪人の動きは、見えない壁に突き当たったかのようにぴたりと止まった。

刀尖を浪人に向けたまま、直之進はあたりの様子を見た。

琢ノ介と珠吉は孝之助とお紺を守って、やくざ者らと戦っている。

琢ノ介は道中差を抜いていた。米田屋の跡を継いで久しいはずで、ほとんど剣の稽古などしていないはずなのに、長《なが》どすや匕首を得物にしている山神一家の者たちを圧倒している。道中差の峰は返しているようだ。

だが、それでも山神一家は数が多い。もしかすると、地生《じば》えのやくざ者も力を貸しているのかもしれない。

いつの間にか、直之進と琢ノ介たちは距離が離れていた。浪人たちが直之進だけに斬りかかってきたのには、そういう意図もあったのだろう。

それに気づかず、目の前の戦いにのめり込んでしまった。直之進はほぞを噛んだ。

琢ノ介たちは、本社への入口となっている登拝門のそばに追い詰められていた。

――いま行くぞ。

だっ、と地を蹴った直之進は駆けつけた。なまくら刀を峰に返し、近くにいるやくざ者を片っ端から叩きのめしていった。

「どけ」

恰幅のよい浪人がやくざ者をかきわけて直之進を追ってきた。直之進と相対する。

直之進は再び右手のみで刀を構えた。左腕がずきずきと痛む。

どうりゃあ、と気合を発して斬り込んでこようとした浪人が、うっ、とうなっていきなり昏倒した。

なにがあった、と直之進は驚いた。

浪人が地面に音を立てて倒れ伏す。直之進の目に、刀を手に立つ弥五郎の姿が映り込んだ。

「殺してはおらぬ」

弥五郎が直之進に告げた。

「腹が煮えたゆえ、ちと懲らしめてやっただけだ」

まさか背後から弥五郎にやられるとは、恰幅のよい浪人も思っていなかっただろう。

それでも、まだ山神一家の人数は多い。どんなに倒されても、新手が襲ってくる。切りがなかった。

直之進は、登拝門を見た。

下社の境内で騒ぎが起きていることを聞きつけたか、門番らしい者が、連子《れんじ》になっている門の隙間からこちらを見ていた。

直之進は門番らしい者と目が合った。それだけで男がびくりとした。

「門を開けてくれ」

刀を投げ捨てるや直之進は懐から書状を取り出した。登拝門に駆け寄り、連子の隙間に書状を差し入れる。

「この書状は、時季外れの参詣の許しだ」

えっ、と声を発し、門番らしい者がいぶかしげな顔つきで書状を受け取った。

「早く見てくれ」

男があわてたように開く。おそらく、時季外れの参詣など、これまでほとんど例がないのではないか。

門番らしい者が書状を一読したのち、わかりました、といって観音開きの門の片側を開けた。

「孝之助どの、お紺、入れ」

「いけません、ここからは女人は入れません」

門番らしい者の目は、お紺に向けられている。こんなときだ、よいではないか、と直之進は思ったが、修験の山である大山に阿夫利神社が建立されて以来守られてきた掟を、ここで破るわけにはいかないのだろう。

「お紺、着物を脱げ」

いきなり孝之助が命じた。えっ、と直之進は思った。孝之助の声に応じて、お紺がさっと着物を脱ぐ。

「あっ」

直之進は声をなくした。褌《ふんどし》などしていないお紺の股間には、男を示す証がぶらさがっていた。

「なにっ」

我知らず直之進は、惚《ほう》けたような声を発していた。

——お紺は女ではなかったのか。

なにゆえ、男の子が女の形《なり》をしていたのか。

門番らしい者も、お紺の股間にある男の印をはっきりと目にしたようだ。

「どうぞ、お入りください」

その声とともに、門が大きく開かれた。お紺、孝之助、珠吉、琢ノ介の順に門内に入っていく。最後は直之進だった。

門のところに立ち、右側から襲いかかってきたやくざ者を殴りつけた。左側からもやくざ者がかかってきた。

がら空きの腹を思いきり蹴りつけた。それで襲ってくる者はいなくなった。

直之進が門内に入り込むと、すぐさま門が閉じられた。

あとでな、というように笑っている弥五郎の顔が見えた。いやなものを見た、と直之進は眉根を寄せた。

すぐに体を翻す。見上げるような急な階段が目の前にあった。

――これはまたすごい階段だな。

すでに孝之助たちは階段を登りはじめていた。琢ノ介と珠吉は、階段の下にいた。直之進を待っていたようだ。

どんどんと音がし、直之進は振り向いた。

登拝門の連子越しに、山神一家の者たちが、どういうことだ、といわんばかりの顔を並べている。閂《かんぬき》をした門扉《もんぴ》を門番らしい者が両手で押さえている。

門扉を手荒に叩いてはいるものの、山神一家の者たちも、それ以上のことはしそうにない。

さすがのやくざ者たちも、門を破ってまで入ってくる気はなさそうだ。

阿夫利神社の下社の境内で暴れただけでなく、時季外れというのに許しもなく本社に向かって殺到したら、公儀の怒りを買うだろう。

「やつら、さすがにここまで押し入る気はなさそうだな」

琢ノ介が安心したようにいった。

「琢ノ介、怪我はないか」

「ああ、ない」

「珠吉は」

「大丈夫です。湯瀬さまはいかがですかい」

「うむ、どこにも傷は負っておらぬ」

「それはよかった」

奉納用の木刀を手に珠吉が破顔《はがん》する。

「しかし、さすがに湯瀬さまはお強い。素手でほとんどを叩きのめしてしまいましたからねえ」

「末永弥五郎が相手なら、ああはいかぬが」

直之進は階段を見上げた。すでに孝之助たちは階段のいちばん上のほうに達していた。

「俺たちも行こう」

珠吉から木刀を受け取り、直之進は階段を登りはじめた。琢ノ介と珠吉が続く。

「しかし直之進、お紺は女じゃなかったぞ」

後ろから琢ノ介がいってきた。

「ああ、その通りだ」

「わしらはだまされたのか」

「どうもそのようだ」

正直、直之進にはわけがわからない。それにしても、と直之進は思った。山神一家と同様、ものの見事にだまされたのだけは確かだ。

——だが、いったいなんのためにお紺は女の形をしていたのか。

お紺という名も本名ではないのだろう。

きっと、男の子らしい名があるにちがいなかった。

五

階段の上で孝之助とお紺が待っていた。

裸のお紺に、孝之助が自分の小袖を着させた。

「すべて話してくれるのだろうな」

直之進は真剣な口調で孝之助にいった。

「もちろんです」

孝之助は決意を固めたような顔をしている。その表情には、直之進たちに対する感謝の思いも混じっているようだ。

「では、歩きながら話してくれ」

「承知いたしました」

直之進たちは本社への道をたどりはじめた。

後についた孝之助が、どういうことなのか、これまでのいきさつを訥々《とつとつ》と語り出した。

「実は、お紺は替え玉なのです」

えっ、と直之進はすぐ後ろを歩く孝之助を振り返って見た。

「替え玉というと、本物のお紺がいるということか」

「さようです」

「そのお紺はどうしている」

「今は実の父親と一緒に別の街道を急いでいるはず。父親は手前の兄です」

「別の街道か」

はい、と孝之助がいった。

「手前は、借金の形で板知屋に売られたお紺が心配で、こっそり板知屋の様子を見に行ったことがあるのです」

「それでどうした」

ええ、と孝之助がうなずく。

「岡場所に売られる前で、お紺は高利貸しの板知屋でこき使われていました。泣きながら裏庭の草むしりをしているお紺を見て、手前は不憫でなりませんでした。後日、また様子を見に行った手前は、見張りの者が厠に行った隙に塀を乗り越えてお紺を連れ出したのです」

「それで」

琢ノ介が先を促した。

「お紺の父親のところに連れ帰りましたが、すぐにも板知屋の連中がやってきます。やつらが捜しに来る前に、皆で手前の長屋に逃げ込みました」

孝之助が琢ノ介を見ていった。

「昨日、徳永屋で申し上げましたが、兄が義姉《あね》のために板知屋から借りた金ですが、元金以上の金をとっくに返していました。にもかかわらず利子がふくれ上がって延々と借金を返し続けなければならなかったのです。こんな理不尽なことはありません。まだ十になるかならずやで売られてしまったお紺が哀れでなりませんでしたし、手前はなんとかしてやりたかった」

そのときの感情がよみがえったか、孝之助が息を入れ、言葉を切った。

「長屋に逃げ込み、手前は策を練りました。それで替え玉という手を思いつきました。とにかく板知屋と山神一家の目を手前のほうへと向けさせることが大事だと思い、いろいろと目立つようなこともしました。兄とお紺のために時を稼ぐ必要があったので、大山までやってきたのです。山神一家の者たちを大山まで連れてきましたから、兄とお紺はすでに遠くに逃げられたと思います」

なるほど、そういうことだったのか、と直之進は納得した。

「本物のお紺と父親、つまりおぬしの兄はどこに逃げた」

「それはご勘弁を」

歩きながら孝之助が口を閉ざした。すぐににこりとした。

「といいたいところですが、湯瀬さまたちには構わないでしょう。口も堅そうですし」

いったん言葉を切って孝之助が続けた。

「下総《しもうさ》の古河《こが》のほうに行きました。そちらに縁者がいるものですから。実をいうと、義姉も一緒です」

「えっ、そうなのか」

直之進は絶句しかけた。

「お紺の母親は、病で亡くなったのではなかったのか」

「もう病はほとんど治りました」

「それでは、なにゆえ義姉上が死んだといったのだ」

「山神一家も、義姉が死んだと思っているはずなのです。お紺を連れ戻す前に、そういう噂を手前が流しておきましたから。そうしておけば、山神一家は兄とお紺が二人で逃げたと思うでしょう。実際には、兄と義姉、お紺の三人で逃げていますから、板知屋と山神一家の目を少しでもくらますことができるでしょう」

「なかなか考えたな」

直之進は孝之助を褒めた。

「ない知恵を必死に絞りました」

孝之助は爽快な顔をしている。

「おぬしも囮《おとり》だったとはな」

「えっ」

その言葉を孝之助が聞き咎《とが》めた。

「いま湯瀬さまは、おぬしも、とおっしゃいましたか。おぬしが、ではなく」

「うむ、いったぞ」

「では、もしや湯瀬さまも替え玉なのですか」

びっくりした顔で孝之助がきいてきた。

「いや、俺は替え玉などではない。本物だが、囮となって江戸を出てきたのだ」

「はあ、そうなのですか……」

孝之助は要領を得ない顔だ。

「俺は江戸でさる道場の師範代をしているのだが、俺のせいで門人に迷惑がかかってしまってな。門人たちが襲われたのだ」

「ああ、それで元凶を引っ張り出すための囮となられたわけですか」

勘よく孝之助がいった。

「その通りだ」

笑顔で直之進は答えた。もっとも、まだその元凶の始末はつけていない。

——しかし世の中はおもしろいものだな。

直之進はつくづく感心した。これも旅に出たからこそ、改めて知り得たことだろう。

直之進は、大山詣に出してくれた大左衛門に本心から感謝した。

——ああ、そうだ。

まだ孝之助に聞き忘れたことがいくつかあるのを思い出した。

「おぬし、阿夫利神社に来るのは予定通りだったのだな」

「ええ、おっしゃる通りです。最初から、大山に入り込んで山神一家の阿呆どもを撒《ま》くつもりでした」

「では、大山に詳しいのか」

「ええ、手前はこのあたりの出で、阿夫利神社の裏手の道も熟知していますよ」

「ほう、そうなのか」

「正直に申せば、ここまでわざわざ来なくても、手前は大山の裏道をいくつも知っています」

これだけの山容を誇る山だから、道は確かにいくつもありそうだ。

「大山の山道に入り込んでしまえば、阿呆どもを撒くのはたやすいことで、捕まることはないと手前は読んでおりました」

「なるほどな」

　直之進は相づちを打った。

「ただし、阿呆どもをこちらに引き寄せなければならず、かといって、あからさまに目立つわけにもいかず、そのあたりの塩梅《あんばい》が難しかったですね」

「おぬし、兄とは顔が似ているのか」

「ええ、そっくりだと幼い頃からいわれておりました」

だから、山神一家の者たちもだまされたのだろう。

「では、そこにいるお紺は何者だ。おぬしの子か」

「手前には、残念ながら子はおりません。長年、子宝に恵まれますようにと、阿夫利神社には手を合わせてきたんですが……」

それを聞いて、琢ノ介がなんとも微妙な顔をした。

「もともと役者の子ですよ」

「そうか、役者の子か……」

「ええ。手前は金を払ってこの子を借りたんですよ」

役者も芝居で食えているのはほんの一握りで、ほとんどの者は困窮《こんきゅう》していると聞く。金になるならなんでもする者は少なくないのだろう。

「これは偶然なのですが、紺太《こんた》といいます」

「本名は」

「お紺と同じ字を使うのか」

「さようです」

にこりと孝之助がうなずいた。

「紺太は、いい女形《おんながた》になると思うのですよ。がんばってほしいですね……」

紺太の頭をなでて孝之助がいった。

紺太の艶《つや》っぽさの源は役者だったからか、と直之進は納得した。

――しかし、このままではいずれ本物の陰間《かげま》になってしまうのではないか。

直之進はそんな気がした。

実際、陰間は役者上がりが多いと聞く。

孝之助の話はだいたいこれで終わりだった。

本社への途中、疲れを忘れさせてくれるほど見事な富士山が望める場所があった。

いつまでも富士山の姿を眺めていたかったが、そういうわけにはいかず、直之進たちはさらに道を上っていった。

その後、半刻近くかかってようやく本社にたどり着いた。こちらにも赤鳥居があった。

激しい戦いのあとだからか、直之進は息も絶え絶えになった。

——なんと情けないことか。

それでもすぐに呼吸をととのえた。

手のうちの木刀に目を落とす。

すぐ目の前に建物がある。

「これが本社か」

「いえ、これは前殿と呼ばれている建物です」

孝之助が説明する。

大山石尊《せきそん》大権現の本社はやや奥まったところにあった。直之進はいくばくかの金を添えて木刀を奉納した。

ここでもおきくと直太郎の健やかな暮らし、秀士館の隆盛、左腕が一時も早く完治するように祈った。

琢ノ介と珠吉も手を合わせて祈っている。二人は子宝祈願と安産祈願であろう。

その後、山頂で直之進たちは孝之助、紺太と別れた。

孝之助たちは森の中に入っていった。

本当にこんなところに道があるのか、と直之進自身、不安に思ったくらいだ。

だが、裏道はいくらもあるといっていたから、きっと行きたいところには出られるのだろう。

直之進たちは大山を下りた。

下社には山神一家の姿はもうなかった。すでに境内は平穏を取り戻していた。

さすがに疲れ切っていたが、直之進たちはいったん糟屋宿に戻って荷物を受け取り、道を歩きはじめた。

目指すは今晩の宿をとる宿場町である。

六

二町ほど先を湯瀬直之進が歩いている。

こちらの尾行に気づいた様子はない。

これ以上、近寄る気はない。湯瀬直之進は一筋縄ではいかない敵だ。距離を詰めると、必ず尾行に気づくだろう。それに、糟屋宿を過ぎたら、人けが極端に減ったのだ。

時季外れというのに、江戸から大山詣をする者がいかに多いかということを如《によ》実《じつ》にあらわしている。

さて、と末永弥五郎は思った。どういう手立てを取れば、あの湯瀬直之進をこの手で屠れるか。

御上覧試合では湯瀬に不覚を取ったが、その湯瀬は優勝した室谷半兵衛と互角に戦っている。

その湯瀬に真剣勝負で勝てば、わしが日の本一だ。

どこで戦うかが、いちばん大事なことではないか。

湯瀬と決着をつけるにふさわしい場所はどこか。

この強靭な足腰を活かすに、きっとよい場所があるにちがいない。

それにしても、と弥五郎は思った。やつらはどこに行くつもりなのか。

この先に、いったいなにがあるのか。

不意に向こう側から人がやってきた。

侍と供という二人組である。二人は会釈して弥五郎の横を通り過ぎた。

――よし、やるか。

空腹だ。もう我慢できない。

懐に小判が一枚あるが、こんな田舎で使えるはずがない。

体を翻して二人を追った弥五郎は、あたりに人けがないのを確かめ、侍に声をかけた。

「もし」

足を止め、さっと侍が振り向いた。

「金をくれ」

いきなり刀にものをいわせる気はなく、一応、弥五郎は金を無心するという形を取った。

「なにをいう。金などやれぬ」

侍がにべなくいう。

「これほど頼んでいるのにか」

それを聞いて侍があきれ顔をした。

「おぬし、それが人にものを頼む態度か」

「ならば、無理にでももらうことになるが、それでもよいか」

「ほう」

侍が弥五郎の全身を見る。

「やるというのか」

「ああ」

「こう見えてもわしは遣うぞ」

「そうか。だが、わしよりはずっと弱い」

すでに弥五郎は、侍の腕前がどの程度のものか見抜いている。中の上というところか。

――上の上のわしの相手になるはずがない。

弥五郎は刀を抜くや、すっと侍の横に出た。すでに斬撃《ざんげき》を繰り出している。もちろん、殺す気などなく、峰は返している。

がっ、と刀が骨に当たる音がした。

うむぅ、とうなって侍が昏倒した。供の者が、あっ、と目を大きく見開く。

そのときには弥五郎の早業が、供の者の腹に決まっていた。供の者が声もなくばたりと倒れた。

気を失っている侍の懐から財布を奪った。中を確かめる。全部で三両ばかりあった。

「ふむ、けっこう持っているな」

ありがたいことに、財布には小銭もかなり入っていた。これならすぐに使うことができる。腹ごしらえもできようというものだ。

財布ごと懐にしまい込んだ弥五郎は、気絶している二人を森の中に引きずり込んだ。

いずれ目を覚ますだろう。

もし目を覚まさなければ、凍え死にするだけだ。

なにしろ今はもう十月の頭で、場所は山中なのだ。

三両ばかりを手に入れて、弥五郎はほくほくと笑んだ。

――これで、しばらくはもつな。旅籠にも泊まれよう。

にんまりとした弥五郎は、すぐさま湯瀬直之進を追いかけはじめた。

一本道ではあるが、どこで湯瀬直之進たちが脇道に入るか知れたものではないのだ。

走り続けているうちに、湯瀬直之進たちの姿が見えてきた。

弥五郎は足を緩め、直之進たちとの距離を二町に保った。

七

箱根《はこね》と山塊《さんかい》がつながっているのがよくわかる、山の深さである。

直之進たちは松田惣領宿に一泊したあと、中川温泉に向かっていた。

「まこと、この先に中川温泉などあるのか」

琢ノ介が疑問を呈する。

「ある」

直之進はいいきった。

「これだけの山中だからこそ、信玄公の隠し湯といわれるのであろう」

「まあ、確かにさもありなんという感じではあるな」

琢ノ介が同意する。珠吉もうなずいている。

そのまま直之進たちは川沿いの道を進んだ。

「おっ、あれがそうではないか」

琢ノ介がうれしそうな声を上げた。琢ノ介が指さす方角を直之進も見た。

眼下に集落が見えている。

「うむ、まちがいないな」

直之進は足下の道標に目をやった。

その道標には、右《みぎ》中川、と彫られていた。

「この枝分かれしている道は、あの谷間の集落につながっているというわけか」

琢ノ介が道標を見つめていった。

「そういうことだ」

よくよく見ると、集落からは湯煙《ゆけむり》が上がっていた。

道標の横を通り過ぎ、直之進たちは山道を下っていった。

すぐに中川温泉に着いた。

山間《やまあい》の鄙《ひな》びた温泉場で、宿は一軒しかない。

宿の名は郷楽屋《ごうらくや》といった。

宿のあるじに、信玄公の隠し湯というのは本当のことなのか、と直之進はたずねた。

「本当です」

宿のあるじが快活な口調で答えた。

「この温泉場のそばに、中川城という山城《やまじろ》の跡があるのです。中川城は、信玄公の時代に武田方の城だったことがあるのですよ」

「ほう、そうなのか」

「永禄《えいろく》の昔に信玄公が小田原の北条《ほうじょう》さまから奪い取ったらしいのです」

中川温泉自体、小田原に近いこともあるのか、このあたりの者は、いまだに北条さまと呼んでいるようだ。

「それで、そのときの戦いで傷ついた将兵たちがここ中川温泉で傷を癒やしたのでございますよ」

「なるほどな」

直之進は相づちを打った。

「ですので――」

あるじが言葉を続けた。

「隠し湯というほどのものではなく、この湯治場は戦国の昔も、よく知られた温泉場だったと聞いております」

「では、北条家の者も浸かっていたということか」

「まちがいなくそうだと思います」

あるじの説明を聞いて、直之進は納得がいった。

このあたりは一時、武田家の勢力下にあり、その際に信玄は、傷ついた配下たちを湯治させたのだろう。

直之進たちは夕餉の前にさっそく、信玄が傷兵に浸からせたという湯に入った。

いい湯だ。さらさらしている。確かに、傷に効きそうな感じがある。

直之進は、左腕をじっくりと温めた。

湯から出たあとは、食事である。これこそが旅の醍醐味といってよい。

山間の宿で質素な食事だったが、あるじの母親が漬けているという漬物がひじょうに美味だった。

うまさが脳をしびれさせる。こんなにおいしい漬物はなかなかない。持って帰りたいほどだ。

珠吉も琢ノ介も、温泉のよさと食事のおいしさにうれしくてならない様子だ。

三人で来て本当によかったな、と直之進は心から思った。

夕食には、中川温泉近くで醸《かも》されている地の酒も出た。

「これは、北条家が伊豆《いず》から相模に進出してきた際、当時の当主氏綱《うじつな》公に献上されたのと同じつくり方のお酒でございます」

酒を持ってきたあるじがいった。

「氏綱とは誰のことだ」

琢ノ介がさっそく酒を飲みながらあるじにきいた。

「北条家の二代目でございます」

あるじが説明する。すぐさま直之進は補足した。

「氏綱公は、高名な早雲《そううん》公のせがれに当たる人だ」

「ほう、そうなのか」

「北条に改名したのもこの人だぞ」

「えっ、改名とはどういうことだ」

びっくりしたように琢ノ介が直之進にきいてきた。

「もともと早雲公の時代は伊勢《いせ》家といい、北条という姓は使っておらなんだ」

「えっ、氏綱公の時代に伊勢家が北条家になったのか。では、早雲公は北条とは名乗っていなかったことにならんか」

当然の疑問を琢ノ介が口にする。

「その通りだ。北条早雲という名はよく知られているが、そう呼ぶのは誤りだな」

「では、なんと呼べばよいのだ」

「伊勢新九郎《しんくろう》公か、早雲庵宗瑞《そううんあんそうずい》公だろう」

宗瑞は早雲が隠居後に名乗った名である。

あまり歴史談義には感心なさそうな顔で、珠吉は目を細めて酒をなめている。

「おいしいですねえ、こいつは」

その姿を見て、喉がきゅんとうずいたが、直之進は酒をやめ、二度と飲まぬと決めているから、杯には手を伸ばさない。

「なにしろ、こくがあって、喉越しもいいですからねえ」

「酒造りは一《いち》に水だ」

琢ノ介がわかったような、もっともらしいことをいう。

「この水があればこそ、こんなにうまいのだ」

「杜氏《とうじ》さんの腕もいいんじゃありませんか」

杯を手に珠吉が琢ノ介にいった。

「それもあるな。このこくの出し方は、杜氏の腕のよさのあらわれだろう」

「ああ、そうですよねえ」

二人のやりとりを聞いて、直之進は少しうらやましかった。

だからといって、二度と酒を口にする気はない。

同じ旅籠に、と末永弥五郎は思った。

——俺が泊まっていることに、まったく気づいておらぬ。馬鹿な男よ。

くいっ、と弥五郎は地の酒とやらを飲んだ。

まずいな、これは。

唾を吐きたくなるほどだ。

やはり酒は芋でなくてはならぬ。

薩摩の焼酎が恋しかった。

八

けっこう飲んだが、目覚めはよかった。

起きがけに珠吉は部屋を出た。まだ外は暗い。

琢ノ介と直之進は眠っている。昨日の激闘の疲れがあるのかもしれない。

珠吉は廊下を歩き、厠を目指した。

――厠のあとは朝湯だな。
楽しみでならない。
――温泉はやはり最高だ。
厠に入り、珠吉は扉を閉めようとした。
そのとき横合いからいきなり影があらわれた。
なんだ、と思う間もなく、顎に強烈な衝撃を感じた。
――こいつは、末永弥五郎だ。
覚った直後、珠吉は気を失った。

珠吉が床から起き上がった気配で、直之進は目を覚ました。
珠吉は部屋を出ていった。どうやら厠に行ったようだ。
それから直之進はうつらうつらしていた。
だが厠に行ったきり、珠吉が部屋に戻ってこない。
――これは下鶴間宿と同じではないか。
直之進は胸騒ぎがし、目を開けた。
――また末永弥五郎があらわれたのではないか。

直之進はさっと立ち上がった。

「どうした、直之進」

布団に横になったまま琢ノ介が寝ぼけた声を発した。

「珠吉が戻ってこぬ。ちと捜しに行ってくる」

「えっ、そうなのか」

琢ノ介が布団の上に起き上がる。目をごしごしこすっている。それから背筋を伸ばしてしゃんとした。

「もしや末永弥五郎の仕業か」

琢ノ介が鋭い口調でいった。

「かもしれぬ」

刀を手挟《たばさ》んだ直之進は部屋を出て、厠に向かった。

だが、そこに珠吉の姿はなかった。

郷楽屋内にもいなかった。

「ああ、そういえば、津島さまというお侍とお二人で先ほど外に出られました。そのとき、津島さまが肩を貸すようにしておられましたが……」

郷楽屋のあるじがいった。

「いま、津島といったか」

「はい、申し上げました」

「どんな侍だ」

「こんなことをいってはまことに申し訳ないのですが」

あるじが前置きをする。

「津島さまは目が鋭く、頬はそげ落ち、どこかすさんだ感じのするお侍でございます」

まちがいない、と直之進は思った。

――昨夜、末永はこの宿に泊まっていたのだ。

知らなかった。迂闊としかいいようがない。目当ての温泉に着いたことで、直之進はすっかり気を緩めてしまい、弥五郎の影に気づかなかったのだ。

――しくじりだ。

直之進は外に出た。すっかり明るくなっている。もう冬だというのに、あまりに緑が深く、それが目にまぶしいくらいだ。

――どこにもおらぬな。

直之進は宿の中に引っ込んだ。

珠吉のことが案じられて落ち着かなかったが、とりあえず部屋に戻る。

そこに琢ノ介の姿がなかった。

——琢ノ介まで、どこに行ってしまったのだ。珠吉を捜しに出たのだろうが……。

そこに琢ノ介があたふたと戻ってきた。やはり珠吉を捜してあたりを駆け巡っていたのか、息を弾ませている。

「直之進、珠吉は見つかったか」

「いや、見つからなんだ」

「わしもこの宿の周辺を駆けずり回ってきたが、直之進、珠吉はどこにもおらぬぞ」

うむ、と直之進はうなずいた。

「末永にさらわれたのだろう。まずまちがいあるまい」

「くそう、なんてことだ」

畳に突っ立ったまま琢ノ介が唇を嚙み締める。

「きっとすぐに末永からつなぎがこよう」

腹に力を込めて直之進は琢ノ介に告げた。

「やつの目当ては俺だ。珠吉は、俺をおびき出すための餌にされたのだ」

自らにいい聞かせるように直之進はいった。

「琢ノ介や秀士館の門人たちと同様に珠吉もやつに痛めつけられるかもしれぬが、命を取られるようなことはあるまい」

「うむ、わしもそう思う」

琢ノ介が同意したとき、あの、と部屋の外から声がかかった。

開けっ放しの障子の向こうに、郷楽屋のあるじが立っていた。

「湯瀬さま宛にこれが届きましたが」

あるじは文らしいものを手にしている。

「見せてくれ」

直之進は、手渡された文に目を落とした。

案の定、弥五郎からだった。

文には、近くの吊り橋で待っておる、珠吉を返してほしくば必ず一人で来い、とお世辞にもうまいとはいえない筆で記されていた。

「この文だが、誰が持ってきた」

琢ノ介に文を手渡して、直之進はあるじにただした。

「この土地の女房です。末永さまというお侍から頼まれたといっていました」

素早く文を読み終えた琢ノ介が面を上げ、あるじを見る。

「このあたりに吊り橋があるのか」

「はい、ございます」

温泉場から四町ほど上流に向かった先に、十間ほどの長さの吊り橋が流れにかかっているそうだ。

「吊り橋の高さはどのくらいある」

琢ノ介がなおもあるじにたずねる。

「はい、七、八丈はございます」

けっこうあるな、と直之進は思った。落ちたら、まず命はなかろう。だからといって、ためらってはいられない。

「よし琢ノ介、行ってくる」

「わしも行く」

直之進は足を止めて琢ノ介を見つめた。

文には、一人で来いと書かれているから、直之進としては琢ノ介と同道したくはない。

だが、琢ノ介は必死の目で直之進を見ている。珠吉のことが案じられてならないのだ。

その気持ちはよくわかる。この部屋で、たった一人で直之進や珠吉のことを考えて悶々とするなど耐えられまい。

「琢ノ介、二人一緒というのはまずい。一町ばかり置いて、俺の後ろをついてきてくれ」

「承知した」

琢ノ介の返事を聞くや直之進は部屋をあとにし、外に出た。すぐさま細い道を、吊り橋めがけて走り出す。

やがて轟々《ごうごう》と水音がしてきた。

これは、と駆けながら直之進は思った。

──近くに滝でもあるのか。

おそらく、飛瀑《ひばく》といってよいものではないか。

道が不意に切れ、あたりが開けてさっと明るくなった。

目の前に吊り橋が架かっていた。

橋の向こう側に弥五郎が立ち、珠吉を右手だけでかき抱くようにしている。だが、珠吉は気絶しているのか、うつむいたまま顔を上げようとしない。

吊り橋から十五間ばかり下流に、滝があった。大量の水がすべてを押し流す勢いで、滝に飲み込まれるように動いている。

「よく来たな」

水音に負けないような声を弥五郎が張り上げた。だが、珠吉はぴくりとも動かない。

——まさか死んでいるのではあるまいな。

「珠吉を放せ」

弥五郎に向かって直之進は怒鳴った。

「珠吉を返してほしくば、ここまで来い」

もし橋を渡っている最中に、橋を吊っている綱を切られたら、命はない。

起きろ、というように弥五郎が珠吉の頬を手のひらで叩いた。

はっ、としたように珠吉が顔を上げる。

「珠吉っ、無事か」

すぐさま直之進はきいた。

「は、はい、大丈夫です」

直之進を認めた珠吉が大声を放った。

「珠吉、いま行くから待っておれ」

「いえ、来ないでくだせえ」

珠吉が必死の顔でいう。

「この男、吊り橋の綱を切る気ですぜ。湯瀬さまに敵うはずがないからって」

「このたわけがっ」

拳を振り上げて、弥五郎が珠吉を殴りつけた。顔を殴られた珠吉が、うめくような顔になってその場にくずおれる。

「わしがそのようなことを申したかっ。わしは湯瀬など恐れてはおらぬ。そんなつまらぬ真似をするわけがないっ」

弥五郎がさらに珠吉を蹴りつける。その勢いで橋に足を乗せ、腰の刀を引き抜くや、直之進を見据えて吊り橋を駆けてくる。

さすがの足の運びというべきなのか、吊り橋はほとんど揺れない。

珠吉は、と対岸で横たわっている姿を見つめて直之進は思った。

——俺のために、わざと末永を挑発しおったな。ああいえば、末永のような男が橋の綱を切ることはないと考えて……。珠吉のためにも勝たねばならぬ。

すらりと抜刀した直之進は躊躇することなく吊り橋を走った。

一気に弥五郎が眼前に迫ってくる。

「死ねっ」

弥五郎が気合を込めて刀を振り下ろしてくる。弥五郎は猿叫《えんきよう》と呼ばれる叫び声を発しなかった。考えてみれば、猿叫は薬丸自顕流《やくまるじげんりゆう》という別の流派のものだ。示現流ではやらないはずだ。

弥五郎の斬撃は思っていた以上に、ふんわりとした柔らかさを伴っていた。

この前、御上覧試合において木刀でやり合ったが、あのときの木刀は殺気をはらんで鋭い斬撃だった。木刀が叩き折られるのではないか、というほどの迫力だったが、真剣ではずいぶんと質が異なるようだ。

この斬撃なら、と直之進は思った。かいくぐって弥五郎の間合に飛び込むのはたやすいのではないか。

だが、不意に直之進の視界の中で、弥五郎の刀が鞠のような大きさになって、顔に迫ってきた。

直之進の目に刃紋がくっきりと映り込んだ。いつからか弥五郎の斬撃は一気に速さを増し、直之進の顔を二つに割ろうとしていたのだ。

まずい、よけられぬ、と直之進は一瞬、覚悟を決めかけたが、瞬時に持ち味の粘り強さが頭をもたげた。

首をねじり、同時に体勢を低くし、さらに体を思い切り曲げた。

弥五郎の斬撃をかわせたか、直之進には定かではなかった。

だが、弥五郎の刀が体の横ぎりぎりを通り過ぎていったのがわかった。

間髪を容れず直之進は後ろに跳ね飛んだ。次に、弥五郎が胴に刀を振ってくるのを直感したからだ。

案の定、弥五郎は返す刀で直之進の横腹を斬り裂こうと狙ってきた。

この斬撃も意外な伸びを見せ、刀尖は直之進の腹の間近をかすめていった。

――油断があった。

刀を正眼に構えつつ、直之進は思った。

――御上覧試合で勝っているからと、どこかで末永をなめていたな。

真剣では今のような技も繰り出せるのだ。

弥五郎も足を止め、示現流の蜻蛉《とんぼ》という構えをしている。刀尖を真上に向け、柄《つか》を顔の横まで引き上げるようにする構えだ。これが示現流の基本の構えである。

——突っ込むか。

弥五郎を見据えて直之進は考えた。

——突っ込んだほうがよい。刀は攻撃のためにあるのだ。

焦ってはおらぬか、と直之進は自問した。

——焦る理由もない。俺は冷静だ。

すすっと足を進ませ、その直後、猪突の勢いで直之進は突進した。

弥五郎を間合に入れるや、下から刀を振り上げる。

体を傾けてよけてみせた弥五郎が、上段から刀を落としてきた。

直之進は刀の峰でその斬撃を受けた。背丈が縮むのではないかというほどの衝撃が腕に伝わってきた。

体勢を立て直し、直之進はもう一度、突っ込もうとした。

そこに今度は逆胴がきた。それも直之進は刀の峰で打ち返した。

すでに袈裟懸けがやってきていた。それもなんとか直之進は弾き返した。

目にもとまらぬ連続技である。

今度は胴にきた。これは柄を下げ、そこで刃を受け止めた。

横腹に柄が食い込み、痛みが走った。同時に息が詰まる。

そこに突きが見舞われた。体をねじって直之進はかわした。すぐさま弥五郎の胴に刀を振っていく。だが、後ろに下がることで弥五郎が直之進の斬撃を避ける。

刀が頭上から落とされた。それを直之進は吊り橋に体を預けるようにしてかわした。吊り橋が大きく揺れた。体勢がさらに崩れる。そこを狙って弥五郎が袈裟懸けに刀を振るってきた。

吊り橋から落ちそうになるまで身を乗り出して、直之進は弥五郎の斬撃をよけた。同時に、そこに弥五郎がいるだろうという予測のもとに、左手一本で刀を振った。ぴっ、とかすかな音が直之進の耳を打った。

見ると、弥五郎の着物の左肩のところが二寸ほど切れていた。

「やってくれたな」

ぎらりと目を光らせた弥五郎が、またも刀を上段から打ち下ろしてきた。

直之進はそれを刀の峰で受け止めようとした。だが、弥五郎の刀が胴に変化した。

その斬撃も直之進は打ち落とした。すぐさま弥五郎の刀が反転し、下段から振り上げられる。

直之進は身を反らしてかわした。

またも袈裟懸けがやってきた。

それを直之進はがしっと受けた。

鍔《つば》迫《ぜ》り合いになる。眼前に歯を食いしばった弥五郎の顔が見えている。

必ずや湯瀬直之進を殺すという決意に満ちた顔だ。

直之進はじりじりと押されはじめた。

吊り橋から足を踏み外さないように、直之進は押されるままに下がった。

いきなり弥五郎が直之進を突き放してきた。橋がひどく揺れ、直之進の体勢が崩れる。刹那、弥五郎が上段から刀を落としてきた。

だが、橋が一段と激しく揺れたせいか、その斬撃にこれまでの鋭さはなかった。

一瞬でそれを見て取った直之進は姿勢を低くするや刀を横に払った。

直之進の刀は弥五郎の左腕を斬った。ううっ、と弥五郎がうめき、後ろに下がる。そこにつけ込み、直之進はさらに袈裟懸けに刀を振るった。

その一太刀は弥五郎の左肩に傷をつくった。

二つの傷から血を流しつつ、蒼白になった弥五郎が直之進をにらみつける。直之進はその顔から、こんなはずではなかったのに、という思いが読み取れるような気がした。

――左腕はよく動いてくれた。

中川温泉のおかげであろう。痛みを感じることもなかった。もし左腕がしっかりと動いてくれなかったら、ここまでの勝負はできなかったのではないか。

――だが、まだ油断はできぬ。

直之進は弥五郎に目を据えつつ、じりじりと前に進んだ。

「くそうっ」

怪鳥《けちょう》のような甲高い声を上げ、弥五郎が斬りかかってきた。

その斬撃は鋭かったが、ただそれだけのことだった。

直之進はそれをかいくぐった。刀を胴に持っていく。

刃は弥五郎の腹を斬り裂いたはずだが、その前にぎりぎりで斬撃をかわしたか、直之進に手応えは残らなかった。

はっ、として見ると、直之進の斬撃をかわした弾みか、弥五郎の体が吊り橋の綱を乗り越えたところだった。

あっ、と直之進が声を発した次の瞬間、弥五郎は真っ逆さまに流れに向かって落ちていった。

岩を嚙む白い流れに弥五郎の姿は吸い込まれた。わずかに手が見えたが、それも一瞬で、弥五郎の姿は見えなくなった。あっという間だった。

――今頃は滝壺の中か。さすがに助かるとは思えぬな。

刀を鞘におさめた直之進は吊り橋を渡り、珠吉に駆け寄った。

「珠吉っ」

直之進はかがみ込み、珠吉の体をぐいっと起こした。

手ひどく殴られたようで、珠吉の顔は赤く腫れている。

だが、しっかりと息をしていた。

「直之進」

吊り橋をおそるおそる渡ってきたのは、琢ノ介である。

「ひやひやしたぞ」

「済まぬ」

直之進は琢ノ介に謝った。

「琢ノ介には心配をかけたようだな。俺に慢心があった」

「それも仕方あるまい。一度、圧勝している相手だものな」

　珠吉が目を覚ました。

「珠吉、大丈夫か」

　直之進は優しく声をかけた。

「ええ、大丈夫ですよ。あの、末永の野郎はどうしたんですかい」

　直之進は弥五郎がどうなったか語った。

「えっ、この流れに落ちたんですかい」

「ああ」

「お陀仏でしょうねえ」

「まずな。珠吉、立てるか」

「もちろんですよ。湯瀬さまの腕の中が温泉のようにあまりに気持ちよすぎて、つい長居をしちまいましたよ」

　珠吉がゆっくりと立ち上がった。

「ああ、そうだ。湯瀬さま、米田屋さん、せっかくだから温泉に浸かりましょう」

　笑みを浮かべて珠吉がいった。

「えっ、今からか」

「もちろんですよ」

珠吉が腫れた頬をそっとさする。

「中川温泉は傷によく効く湯なんですよね。でしたら、あっしのこの傷もすぐによくなるんじゃありませんかい」

「ああ、そうかもしれぬ」

命の危険もあったというのに、こんな軽口をたたけるなど、さすがに珠吉も場数を踏んでいる。伊達に歳を取っているわけではないようだ。

「よし、では宿に戻るとするか」

直之進は琢ノ介と珠吉にいった。

「ええ、そうしましょう」

直之進たちは、郷楽屋への道をたどりはじめた。

九

直之進は無事、江戸に戻ってきた。

もちろん琢ノ介と珠吉も一緒である。

「楽しかったな。またいつか行こう」

「うむ、行こう」

「ええ、まいりましょう」

「珠吉は隠居したら、お伊勢参りに出るのだろう」

「ええ、そのつもりですよ」

「ならば、そのときに一緒に行かせてもらうかな」

「ああ、そりゃいいですね。あっしはかかあも連れていく気ですが、湯瀬さま、構いませんかい」

「もちろんだ」

「そのときはわしも混ぜてくれ」

にこにこと琢ノ介がいった。

「ええ、是非とも一緒にまいりましょう」

「富士太郎も行けたらよいのにな」

そんなことを琢ノ介がいった。

「うちの旦那はなかなか難しいでしょうねえ」

珠吉が残念そうに首を横に振った。

江戸に入ってしばらくして、琢ノ介と珠吉に別れを告げた直之進はまっすぐ秀士館に向かった。

一番に大左衛門に会い、無事に納太刀が済んだことを告げた。その上で、余った路銀を返した。

「いや、別に返さずともよかったのでござるがな」

「いえ、こういうことはちゃんとしておいたほうがよいと思いまして」

「いかにも湯瀬師範代らしい言葉だが」

大左衛門がにこりとして、余った金を受け取った。

そのあとすぐに直之進は佐之助や仁埜丞、十郎左に会い、道場を空けたことを詫《わ》びた上で、どういう顚末になったか話した。

「そうか、門人たちを襲ったのは末永弥五郎だったのか」

驚いたように佐之助がいった。

「ところで湯瀬、左腕の具合はどうだ」

これは仁埜丞がきいてきた。直之進は大きくうなずいてみせた。

「おかげさまで、すこぶるよくなっています」

嘘ではない。左腕からほとんど痛みが消えているのだ。

これは中川温泉の薬効か、それとも阿夫利神社の霊験か。

両方が合わさったものかもしれない。

「では、これはどうだ」

いきなり佐之助が、直之進の肩を手刀で打ってきた。

またしてもよけられなかったが、左腕に痛みは走らない。

ほう、と佐之助が感嘆の声を漏らした。

「なるほど隠し湯の効《こう》か。中川温泉とはまことによい湯なのだな」

「暇ができたら、倉田も行けばよい」

「暇ができたらか。そんなことをいっていたら、いつまで経っても行けぬ。湯瀬、暇はつくらなければならぬものだぞ」

「ずいぶん偉そうにいうな。ならば、倉田は暇をつくり、行けばよい。そのあいだ、俺が留守を守ってやる」

直之進は佐之助たちの前を辞し、家に戻った。おきくと直太郎は無事に戻ってきた直之進を見て、喜んでくれた。

明くる朝の六つ半頃、琢ノ介が直之進の家にやってきた。

明らかに落胆した顔をしていた。

「どうした」

きかずとも直之進には察しがついた。

「売れてしまった」

しょんぼりと琢ノ介がいった。

「ああ、琢ノ介が薦めておった家のことだな」

「そうだ」

残念そうに琢ノ介が首を振った。

「六十両で売れたそうだ。あの家が六十両など、これ以上ない掘り出し物だったのに」

「今回は縁がなかったのだ。琢ノ介、あきらめろ」

直之進は諭すように琢ノ介にいった。顔を上げ、琢ノ介が直之進を見る。

「あきらめきれんぞ。次にいつあれだけの出物が出るか、わからんのだからな」

「俺やおきく、直太郎と縁を持ちたいと思ってくれる家があれば、必ず出るさ」

確信とともに直之進はいった。

「この世とは、そういうふうにできているのだ」

ふと、孝之助はどうしているだろうか、と直之進は思った。

「孝之助はどうしておるかな」

不意に琢ノ介がいったから、直之進はさすがに驚いた。

「元気にしていればよいが……」

「きっと元気にしているさ」

これも確信を抱いて直之進はいった。

「あの男はたくましかったゆえな」

「まあ、そうだな」

直之進を見て琢ノ介がうなずく。

――一度も会うことはなかったし、これからも会うことはないのだろうが、お紺とその二親《ふたおや》にも幸せになってほしいものだ。

ふう、と息をついて直之進は目を閉じた。

「なんだ、直之進。なにをため息などついておるのだ」

琢ノ介にいわれて直之進は目を開けた。

「別にため息をついたわけではないぞ」

「そうか。考えてみればため息をつきたいのは、わしのほうだ」

おきくが茶を持ってきた。いつものように直太郎をおんぶしている。

「わしも子がほしい」

うらやましそうに琢ノ介がいった。

「きっとできるさ」

茶を喫して直之進は琢ノ介に請け合った。

不意に直太郎が泣きはじめた。

「おしめかしら」

端座したおきくが直之進たちに背中を向けて、直太郎を背中から下ろし、畳に寝かせた。

おきくが手際よくおしめを替える。

「これでさっぱりしたでしょう」

直太郎に優しく語りかけて、おきくが立ち上がった。あなたさま、と呼びかけてきた。

なにかな、と直之進はおきくを見た。

「汚れたおしめを洗濯場のほうに持っていきますから、そのあいだ、直太郎を見ていてもらえますか」

「お安い御用だ」

「では、お願いします」

琢ノ介に一礼して、おきくが部屋を出ていった。

直之進は直太郎に膝行して近づき、小さな顔をじっと見た。

横から琢ノ介も顔を寄せてきた。

つぶらな瞳が直之進を見つめている。

「うむ、赤子というのは、まことにかわいいものだな」

しみじみとした口調で琢ノ介がいった。

直之進を見て、直太郎が笑っている。ふむ、と琢ノ介が鼻を鳴らした。

「わしのほうなど、ほとんど見んな。直之進を見て笑っているのは、やはり父親が誰かわかっているからであろう」

「なにしろ、生まれたときからこの子と一緒だからな」

そっと手を差し伸べて、直之進は直太郎を抱き上げた。

優しく抱き締めると、じんわりとした温かみが伝わってきた。

直太郎が、きゃっきゃっと笑う。

直之進はこの上ない幸せを嚙み締めた。

——これと同じ幸せを、琢ノ介や富士太郎さん、珠吉も味わえたらどんなに素晴らしいだろう。

友垣《ともがき》たちの幸せを、かわいいせがれを抱きながら直之進は強く願った。

この作品は双葉文庫のために書き下ろされました。

双葉文庫

す-08-39

口入屋用心棒《くちいれやようじんぼう》
隠《かく》し湯《ゆ》の効《こう》

2017年12月17日　第1刷発行

【著者】
鈴木英治《すずきえいじ》

【発行者】
稲垣潔
【発行所】
株式会社双葉社
〒162-8540 東京都新宿区東五軒町3番28号
［電話］03-5261-4818(営業)　03-5261-4833(編集)
www.futabasha.co.jp
(双葉社の書籍・コミックが買えます)
【印刷所】
慶昌堂印刷株式会社
【製本所】
株式会社若林製本工場

【表紙・扉絵】南伸坊
【フォーマット・デザイン】日下潤一
【フォーマットデジタル印字】飯塚隆士

落丁・乱丁の場合は送料双葉社負担でお取り替えいたします。
「製作部」宛にお送りください。
ただし、古書店で購入したものについてはお取り替えできません。
［電話］03-5261-4822(製作部)

ISBN978-4-575-66862-9 C0193
Printed in Japan

鈴木英治

口入屋用心棒1
逃げ水の坂

長編時代小説
〈書き下ろし〉

仔細あって木刀しか遣わない浪人、湯瀬直之進は、江戸小日向の口入屋・米田屋光右衛門の用心棒として雇われる。好評シリーズ第一弾。

鈴木英治

口入屋用心棒2
匂い袋の宵

長編時代小説
〈書き下ろし〉

湯瀬直之進が口入屋の米田屋光右衛門から請けた仕事は、元旗本の将棋の相手をすることだったが……。好評シリーズ第二弾。

鈴木英治

口入屋用心棒3
鹿威《ししおど》しの夢

長編時代小説
〈書き下ろし〉

探し当てた妻千勢から出奔の理由を知らされた直之進は、事件の鍵を握る殺し屋、倉田佐之助の行方を追うが……。好評シリーズ第三弾。

鈴木英治

口入屋用心棒4
夕焼けの甍《いらか》

長編時代小説
〈書き下ろし〉

佐之助の行方を追う直之進は、事件の背景にある藩内の勢力争いの真相を探る。折りしも沼里城主が危篤に陥り……。好評シリーズ第四弾。

鈴木英治

口入屋用心棒5
春風《はるかぜ》の太刀

長編時代小説
〈書き下ろし〉

深手を負った直之進の傷もようやく癒えはじめた折りも折り、米田屋の長女おあきの亭主甚八が事件に巻き込まれる。好評シリーズ第五弾。

鈴木英治

口入屋用心棒6
仇討ちの朝

長編時代小説
〈書き下ろし〉

倅の祥吉を連れておあきが実家の米田屋に戻った。そんな最中、千勢が勤める料亭・料永に不吉な影が忍び寄る。好評シリーズ第六弾。

鈴木英治

口入屋用心棒7
野良犬の夏

長編時代小説
〈書き下ろし〉

湯瀬直之進は米の安売りの黒幕・島丘伸之丞を追う的場屋登兵衛の用心棒として、田端の別邸に泊まり込むが……。好評シリーズ第七弾。

鈴木英治　口入屋用心棒15　腕試しの辻

長編時代小説〈書き下ろし〉

妻千勢が好意を寄せる佐之助が失踪した。複雑な思いを胸に直之進が探索を開始した矢先、千勢と暮らすお咲希がかどわかされかかる。

鈴木英治　口入屋用心棒16　裏鬼門《うらきもん》の変

長編時代小説〈書き下ろし〉

ある夜、江戸市中に大砲が撃ち込まれる事件が発生した。勘定奉行配下の淀島登兵衛から探索を依頼された湯瀬直之進を待ち受けるのは!?

鈴木英治　口入屋用心棒17　火走《ひばし》りの城

長編時代小説〈書き下ろし〉

湯瀬直之進らの探索を嘲笑うかのように放たれた一発の大砲。賊の真の目的とは？　幕府の威信をかけた戦いが遂に大詰めを迎える！

鈴木英治　口入屋用心棒18　平蜘蛛《ひらぐも》の剣

長編時代小説〈書き下ろし〉

口入屋・山形屋の用心棒となった平川琢ノ介。あるじの警護に加わって早々に手練の刺客に襲われた琢ノ介は、湯瀬直之進に助太刀を頼む。

鈴木英治　口入屋用心棒19　毒飼《どくが》いの罠

長編時代小説〈書き下ろし〉

婚姻の報告をするため、おきくを同道し故郷沼里に向かった湯瀬直之進。一方江戸では樺山富士太郎が元岡っ引殺しの探索に奔走していた。

鈴木英治　口入屋用心棒20　跡継ぎの胤《たね》

長編時代小説〈書き下ろし〉

主君又太郎危篤の報を受け、沼里へ発った湯瀬直之進。跡目をめぐり動き出した様々な思惑、直之進がお家の危機に立ち向かう。

鈴木英治　口入屋用心棒21　闇隠《やみがく》れの刃

長編時代小説〈書き下ろし〉

江戸の町で義賊と噂される窃盗団が跳梁するなか、大店に忍び込もうとする一味と遭遇した佐之助は、賊の用心棒に斬られてしまう。